सादिक़ हिदायत

सादिक़ हिदायत का जन्म 19 फ़रवरी, 1903 को ईरान की राजधानी तेहरान में हुआ। उनकी प्रारम्भिक शिक्षा फ्रेंच कैथोलिक स्कूल 'सेंट लुईस' में हुई। आगे की शिक्षा पूरी करने वे यूरोप गए। बेल्जियम में इंजीनियरिंग की पढ़ाई बीच में ही छोड़कर वास्तुविद् की शिक्षा के लिए पेरिस चले गए। पेरिस में चार साल बिताने के बाद वह स्कॉलरशिप छोड़ बिना डिग्री लिए तेहरान लौट आए। कई नौकरियाँ बहुत कम समय के लिए कीं मगर लेखन-कार्य लगातार चलता रहा। हिदायत ने अपने लेखन द्वारा फ़ारसी भाषा और साहित्य को अन्तर्राष्ट्रीय स्तर पर मुख्य धारा से जोड़ने का काम किया।

सादिक़ ने कहानियाँ, लघु उपन्यास, रेखाचित्र आदि सभी विधाओं में लिखा। फ्रेंच और पहलवी भाषा में अनुवाद भी किए। उनकी पुस्तकों के अनुवाद विश्व की कई भाषाओं में हुए हैं और उनकी कृतियों पर फ़िल्में भी बनीं हैं।

उनकी महत्त्वपूर्ण रचनाएँ हैं—हाजी आग़ा', 'बुफ़-ए-कूर' (अन्धा उल्लू), 'तप्प-ए-मोरवारीद', 'ज़िन्दे बे गूर' (ज़िंदा दफ़न), 'सगे वलगर्द'(अवारा कुत्ता), 'सहे क़तरे ख़ून' (तीन बूँद लहू), (उपन्यास-कहानी); 'परवीन दुख़्तरे सासियान', 'माज़ियार', 'अफ़सान-ए-आफ़रीनश' (नाटक); 'अफ़साने निस्फ़े ज़हान' 'रूये जाददेह नमनाक' (यात्रा-संस्मरण)।

निधन : 19 अप्रैल, 1951

नासिरा शर्मा

नासिरा शर्मा का जन्म 22 अगस्त, 1948 को इलाहाबाद में हुआ। उन्होंने फ़ारसी भाषा और साहित्य में एम.ए. किया। हिन्दी, उर्दू, अंग्रेज़ी, पश्तो एवं फ़ारसी पर उनकी गहरी पकड़ है। वह ईरान और अफ़ग़ानिस्तान के समाज और राजनीति के अतिरिक्त साहित्य, कला व संस्कृति विषयों की विशेषज्ञ हैं।

'बहिश्ते जहरा', 'शाल्मली', 'कुइयाँ जान', 'अक्षयवट', 'अजनबी ज़जीरा', 'पारिजात', अल्फ़ा-बीटा-गामा आदि चर्चित उपन्यासों के साथ ही उनके कई महत्त्वपूर्ण कहानी-संग्रह, लेख-संग्रह, आलोचना और संस्मरण आदि प्रकाशित हो चुके हैं। दूरदर्शन और रेडियो के लिए भी उन्होंने विपुल लेखन किया है।

सम्पर्क : naserasharma22@gmail.com

सादिक़ हिदायत

अन्धा उल्लू

अनुवाद

नासिरा शर्मा

लोकभारती पेपरबैक्स

लोकभारती पेपरबैक्स में
पहला संस्करण : 2022
दूसरा संस्करण : 2026

लोकभारती पेपरबैक्स : उत्कृष्ट साहित्य के लोकप्रिय संस्करण

लोकभारती प्रकाशन
पहली मंजिल, दरबारी बिल्डिंग, महात्मा गांधी मार्ग
प्रयागराज-211 001
द्वारा प्रकाशित

शाखाएँ : 1-बी, नेताजी सुभाष मार्ग, दरियागंज, नई दिल्ली-110 002
अशोक राजपथ, साइंस कॉलेज के सामने, पटना-800 006
1, अनमोल सोराबजी सन्तुक लेन, धोबी तलाव, मरीन लाइंस, मुम्बई-400 002
वेबसाइट : www.lokbhartiprakashan.com
ई-मेल : info@lokbhartiprakashan.com

बी.के. ऑफसेट
नवीन शाहदरा, दिल्ली-110 032
द्वारा मुद्रित

मूल्य : ₹199

ANDHA ULLU
Novel by Sadegh Hedayat
Translated by Nasera Sharma

ISBN : 978-93-93603-50-0

अपनी बात

'अन्धा उल्लू' सादिक़ हिदायत का महत्त्वपूर्ण उपन्यास है। सादिक़ हिदायत अपनी हर रचना से जाने जाते रहे हैं। मगर उपन्यास 'बुफ़-ए-कूर' शोहरत और लोकप्रियता की बुलन्दियों पर जा पहुँचा। लेखक हिदायत फ़ारसी नई कहानी की बुनियाद रखनेवालों में से हैं। चूँकि उन्हें 'पहलवी' भाषा का भी ज्ञान था और उन्होंने दो तरह का समय देखा था—नया और पुराना। इसलिए उनके लेखन में अलग तरह की गहराई थी। जिसको उनके अपने समय काल में उस तरह नहीं समझा गया। समय के बीतने के साथ उनके लेखन में जो भविष्य का भय व त्रासदी थी वह खुलकर सामने आने लगी और उनका साहित्य महत्त्वपूर्ण हो उठा।

सादिक़ हिदायत मुम्बई में रहे (1937-1939) और अपना सबसे महत्त्वपूर्ण लघु उपन्यास 'अन्धा उल्लू' वहीं रहकर लिखा जो लेथोग्राफ़ी में पहली बार बंबई में छपा था। 'अन्धा उल्लू' की प्रशंसा हेनरी मिलर (Henry Miller) आन्द्रे ब्रेतान (Andre Breton) जैसे दिग्गज लेखकों के साथ, उस समय के अहम लेखकों ने की। उपन्यास की प्रशंसा करते हुए यह स्वीकार किया गया कि यह फ़ारसी भाषा साहित्य की शीर्ष साहित्यिक कृति है।

यह उपन्यास मेरी पुस्तक श्रृंखला 'अदब में बाईं पसली' के तीसरे खंड 'एफ्रो-एशियाई लघु उपन्यास' में मौजूद है। इसको अलग से छापने का कोई इरादा नहीं था मगर कुछ ईरानी बुद्धिजीवियों का इसरार था कि यह उपन्यास अलग से पुस्तक के रूप में आए ताकि भाषा न जानने के बावजूद वह उनकी

बुकशेल्फ़ में सजे, खासकर तब जब यह उपन्यास मुम्बई शहर में लिखा गया और हिन्दुस्तान में पहली बार छपा था। उसी हिन्दुस्तान की लेखिका ने उसको हिन्दी भाषा में अनुवाद किया। दूसरे फ़ारसी के विद्यार्थी भी इस पुस्तक को अपने पास रखना चाहते थे।

ईरान में होनेवाले 18वें अन्तर्राष्ट्रीय पुस्तक मेले (2005) में 'अन्धा उल्लू' पर प्रतिबन्ध लग गया था।...यह अफ़वाह है या सच कि ईरान में इस उपन्यास पर प्रतिबन्ध लगाने का एक कारण यह भी था कि इस उपन्यास को पढ़कर कई पाठकों ने आत्महत्या की थी।

19 अप्रैल, 1951 को अपने कमरे में गैस पाइप ऑन कर, सादिक़ हिदायत ने आत्महत्या कर ली। चूँकि मृत्यु पेरिस में हुई इसलिए उनको पेरिस के क़ब्रिस्तान 'Pere Lachaise Cemetry' में दफ़नाया गया। मृत्यु के समय उनकी उम्र मात्र 48 वर्ष की थी। सादिक़ हिदायत के लिए उनके भतीजे ने यह बात किस आक्रोश, गहराई और दर्द से कही होगी! यह बात सादिक़ की ज़िन्दगी के उतार-चढ़ाव और समय के विरुद्ध खड़े होने की प्रवृत्ति को दर्शाती है—'ग़लत आदमी, ग़लत जगह, ग़लत समय में।'

सादिक़ हिदायत को सदा जीवित रखने वाला उपन्यास 'अन्धा उल्लू' है। लेखक अपनी संवेदनाओं की तपिश में जीवन भर बेचैन रहा जिसका लेखन इस बात का गवाह है।

—नासिरा शर्मा

अन्धा उल्लू

1

ज़िन्दगी में कुछ घाव ऐसे भी होते हैं जो तन्हाई में कोढ़ बन रूह को खाते और तराशते रहते हैं।

ऐसी पीड़ा का इज़हार किसी से किया भी तो नहीं जा सकता है क्योंकि हममें से ज़्यादातर लोग यक़ीन न आनेवाली व्यथा को संयोग या फिर हैरतअंगेज़ व अद्‌भुत हादसों में शुमार करते हैं। इत्तफ़ाक़ से कोई मुँह खोल दे या फिर अपना दिल काग़ज़ के पन्नों पर उड़ेल दे तो तयशुदा सोच वाले और केवल अपने तक सीमित रहनेवाले शक भरी मुस्कान और मज़ाक़ उड़ानेवाले अन्दाज़ से उसे सुनेंगे। मुश्किल तो सबसे बड़ी यह है कि अभी इनसान इसका कोई सही उपचार ढूँढ़ नहीं पाया है, सिवाय नशे और नींद के। अपने दर्द से भागने के लिए अफ़ीम या इसी तरह की अन्य नशीली चीज़ों के सेवन से वह वक़्ती तौर पर सुकून तो हासिल कर लेता है मगर जब वह बनावटी नींद से जागता है तो दर्द की शिद्‌दत में पहले से कहीं ज़्यादा इज़ाफ़ा पाता है।

वास्तव में इस भेद को जाना जा सकता है जो अनहोनी घटनाओं के रूप में, बेहोशी और होशमन्दी के बीच, आत्मा की छाया बन प्रतिबिम्बित होती हैं। उसका सुराग़ कौन पा सकता है?

अनहोनी घटनाओं में से मैं केवल उसी घटना का यहाँ ज़िक्र करना चाहूँगा जो मुझसे ताल्लुक़ रखती है। जिसने मेरे सारे वजूद को हिलाकर

रख दिया है जब तक मैं ज़िन्दा हूँ उसे भुला देना मेरे लिए मुहाल है। नित्यता से अनादिकाल तक, वहाँ से जहाँ तक इनसानी समझ और सोच की पहुँच मुमकिन नहीं, मेरी ज़िन्दगी उस हद तक ज़हर में डूब चुकी है। ज़हर शब्द को मैंने लिखा ज़रूर है, दरअसल मैं कहना चाहता हूँ कि यह 'दाग़' जो मुझे लग चुका है अब वह मेरी सारी ज़िन्दगी का साथी है।

मैं अपनी पूरी कोशिश करूँगा कि वह सब जो इस घटना से सम्बन्धित बातें हैं और वह सब कुछ जो यादों के नाम पर मेरी आँखों में बसा है सारा का सारा लिख डालूँ; हो सकता है इस तरह मैं एक अन्तिम फ़ैसले पर पहुँचूँ, न सिर्फ़ इससे मुझे सुकून मिलेगा बल्कि अपने ऊपर मेरा विश्वास भी बढ़ेगा। मुझे इस बात की ज़रा भी परवाह नहीं कि दूसरे क्या सोचते हैं और उन्हें मेरी बातों पर एतबार आता है या नहीं, मेरी चिन्ता सिर्फ़ इतनी है कि मैं अपने को पहचानने से पहले कहीं मर न जाऊँ?

ज़िन्दगी के विभिन्न अनुभवों से गुज़रता हुआ मैं इस नतीजे पर पहुँचा हूँ कि मेरे और दूसरों के बीच एक गहरी खाई है। मैं इस बात की तह तक पहुँच चुका हूँ कि ख़ामोशी मेरे लिए ज़रूरी है—ख़ासतौर से अपने ख़यालात को ख़ुद अपने तक रखना। अभी-अभी जो मैंने लिखने का फ़ैसला लिया है, वह सिर्फ़ इसलिए कि ख़ुद को मैं अपनी छाया से मिलवाऊँ। छाया जो दीवार पर कुछ इस अन्दाज़ से झुकी हुई है मानो मैं जो कुछ काग़ज़ पर उतारूँगा, वह उससे कहीं ज़्यादा जानती है। मैं इसके इस दावे को परखना चाहता हूँ। देखता हूँ शायद इसी तरीक़े से हम एक-दूसरे को बेहतर तरह से पहचान सकें। वैसे भी अरसा हुआ मैंने दूसरों से मिलना-जुलना छोड़ दिया है। सिर्फ़ इसलिए कि मैं चाहता हूँ ख़ुद को बख़ूबी समझ सकूँ।

खोखली सोच! ठीक है लेकिन हर हक़ीक़त से ज़्यादा मुझे अपने वश में करती है।

ये लोग जो देखने में मेरी तरह लगते हैं जो ऊपरी तौर पर मेरी तरह की इच्छाएँ और आवश्यकताएँ रखते हैं क्या वे मुझे फ़रेब देने के लिए नहीं हैं?

क्या यह मुट्ठी भर परछाइयाँ नहीं, जो मेरा मज़ाक़ उड़ाने और मुझे ठगने के लिए आई हैं? जो मैं महसूस करता हूँ, देखता हूँ, समझता हूँ क्या वह सब वास्तविकता से दूर, केवल भ्रम है?

मैं सिर्फ़ अपनी छाया के लिए लिखने जा रहा हूँ जो लैम्प के सामने दीवार पर पड़ रही है। अब ज़रूरी है कि मैं उससे अपना परिचय कराऊँ।

2

यह घटिया दुनिया जहाँ ग़रीबी और बेबसी का राज है। वहाँ, मुझे पहली बार ऐसा महसूस हुआ जैसे मेरी ज़िन्दगी में सूरज की किरण चमकी हो मगर अफ़सोस! वह सूरज की किरण नहीं थी बल्कि कौंध भर थी या फिर कोई पुच्छल तारा जो एक औरत के भेस में था। एक फ़रिश्ते के रूप में उभरी उस एक पल में, उस एक लम्हे में, मुझे अपनी सारी तबाही और बर्बादी नज़र आ गई। मैं उस भव्यता एवं गरिमा का पीछा करता, जो किरण भँवर की कालिमा में हर हाल में डूबनेवाली थी कि अचानक एक आन में मेरी आँखों से ओझल हो गई। जिसे मैं अपने लिए सँजो न पाया।

आज उसे खोए हुए तीन माह, नहीं दो माह चार दिन गुज़र गए। उसकी फिर कोई झलक मुझे देखने को नसीब न हुई। लेकिन उसकी कभी न भूलनेवाली वह जादुई आँखें, मार डालनेवाली उन आँखें की चमक, मेरी यादों में हमेशा बसी रहेगी। जो मेरे जीवन का अटूट हिस्सा बन चुकी है। उसे भला मैं कैसे भूल सकता हूँ।

मैं उसका नाम कभी ज़बान पर नहीं लाऊँगा। बारीक़ धुन्ध में लिपटी अपनी चकित चमकीली आँखों के संग जिसके पीछे दर्द से भरी मेरी ज़िन्दगी धीमे-धीमे जल और पिघल रही है। वह इस घटिया बेरहम दुनिया से नहीं है, कभी नहीं, मैं उसका नाम कैसे ज़मीन की दूसरी चीज़ों के साथ मिला सकता हूँ।

इसके बाद मैंने अपने को इनसानों, मूर्खों और भाग्यशाली कहलाने वालों के जमघट से कोसों दूर कर लिया और भूल जाने के लिए शराब और तिरयाक की पनाह में आ गया। मेरी सारी ज़िन्दगी उस चहारदीवारी में सिमटकर रह गई जहाँ मेरे रात-दिन गुज़र रहे हैं और आगे भी इसी तरह बीतेंगे।

सारा-सारा दिन मैं क़लमदानों के चमड़ों के ख़ोलों पर चित्रकारी करने में गुज़ार देता, बाक़ी वक़्त मैं तिरयाक और शराबनोशी में डूबा रहता हूँ। सच पूछा जाए तो मैंने मसख़रों जैसा काम केवल इसलिए करना शुरू किया था ताकि इस बहाने मैं ख़ुद को बहलाए रखूँ और किसी तरह वक़्त काट सकूँ।

संयोग से मेरा घर शहर से बाहर एक पुरसुकून जगह पर था। शोरगुल और लोगों के जंजाल व भीड़-भड़क्के से अलग-थलग, जिसके चारों तरफ़ फैले खँडहर थे, केवल उस तरफ़ खाई थी। जिसके क़रीब कच्चे मकानों की क़तारें थीं जहाँ से शहर की शुरुआत होती थी। नहीं जानता इस घर को किस दीवाने मजनू या फूहड़ ने पिछले वक़्तों में बनाया था। जब कभी आँखें बन्द करता हूँ तो न सिर्फ़ उसके सारे अदृश्य सूराख़ तक आँखों के सामने तैरने लगते हैं बल्कि उनका सारा बोझ मुझे अपने कन्धों पर लदा महसूस होता है।

हो सकता है बहुत पहले कभी इन घरों का चित्र क़लमदानों के ख़ोलों पर बनाए जाते रहे हों।

यह सब कुछ लिखना ज़रूरी है ताकि मैं समझ सकूँ कि यह सब अपने में अस्पष्ट तो नहीं है। कहीं कोई घपला तो नहीं है। फिर ये सारी बातें मैं दीवार पर पड़ रही अपनी छाया से कहूँगा, हो सकता है यह सिर्फ़ मेरी ख़ुशफ़हमी हो या फिर दिल का बहलावा भर हो।

इस मसख़रेपन वाली व्यस्तता के साथ अपने घर की चहारदीवारी में क़ैद मैं ब्रश चलाता रहता हूँ और समय दबे पाँव चींटी की रफ़्तार से गुज़रता रहता है। मगर उन दोनों आँखों के दीदार के बाद अचानक

दुनिया की हर चीज़ का अर्थ, अहमियत और भाव मेरे लिए अपना महत्त्व खो चुके हैं। यह अजीब व ग़रीब बात है जो किसी भी तरह से यक़ीन के क़ाबिल नहीं है, वह यह कि मेरे हर चित्र में उभरनेवाला दृश्य शुरू से आज तक एक सा रहता है। एक सर्व का वृक्ष है जिसके नीचे एक बूढ़ा कूबड़ निकाले ठीक हिन्दुस्तानी जोगियों की तरह सिर पर साफ़ा बाँधे और बदन पर अबा लपेटे पालथी मारकर आश्चर्य की स्थिति में बैठा है और बाएँ हाथ की तर्जनी को अपने होंठों पर रखे है। ठीक उसके सामने एक लड़की लम्बा काला वस्त्र धारण किए, थोड़ी सी झुकी उसे नीलोफ़र के फूल भेंट कर रही है। उनके बीच में पतली-सी नदी की धारा बह रही है।

क्या पहले कहीं मैंने यह दृश्य देखा है या फिर सपने में पाया कोई ख़ुदाई संकेत हो? नहीं जानता, लेकिन जब भी पेंटिंग करता हूँ यही दृश्य, यही विषय उभरता है। बिना किसी इरादे के अपने आप ब्रश चलने लगता है और ताज्जुब तो यह कि बाज़ार में इसकी माँग भी बहुत है। अपने चचा के ज़रिये ये सारे चमड़े के खोल मैं हिन्दुस्तान बिकने के लिए भेजता रहता हूँ और वे बिक्री के बाद मुझे रुपये भेज देते हैं।

यह दृश्य यादों में कभी नज़दीक आता तो कभी दूर चला जाता। ठीक से याद नहीं। अभी जो घटना मेरे ज़हन में उभरी तो सोचा अपने संस्मरण लिख डालूँ, लेकिन यह अनहोनी बहुत बाद में घटी इसका कोई सम्बन्ध इस विषय से नहीं है लेकिन उसके प्रभाव में आकर मैंने चित्र बनाना हमेशा के लिए छोड़ दिया। दो मास पहले, नहीं दो मास चार दिन गुज़रे थे। वह नौरोज़ का तेरहवाँ दिन था। लोग शहर से बाहर इकट्ठा थे। मैंने कमरे की खिड़की बन्द कर ली ताकि आराम से चित्र बना सकूँ। सूरज के डूबने का समय हो रहा था मैं ब्रश चलाने में व्यस्त था कि अचानक दरवाज़ा खुला और मेरा चचा अनायास कमरे में दाख़िल हुआ। यह तो ख़ुद उसने बताया था कि वह मेरा चचा है वरना मैंने इससे पहले उसे कभी नहीं देखा था। क्योंकि वह जवानी में ही दूर किसी यात्रा पर निकल

चुका था। जैसे कि वह कश्ती का बादबान हो। अचानक ख़याल गुज़रा कि कहीं इसको मुझसे कोई तिजारती काम तो नहीं आन पड़ा। कभी मैंने यह किसी से सुना था कि वह तिजारत भी करता है। बहरहाल देखने में चचा बूढ़ा और झुका हुआ नज़र आ रहा था। सिर पर हिन्दुस्तानी साफ़ा लपेटे हुए, कन्धों से पीले रंग की फटी अबा झूलती सी और गर्दन में पड़ी शाल से अपना सिर और दाढ़ी ढके हुए था। खुले गरेबान से उसके सीने के घने बाल नज़र आ रहे थे। दाढ़ी के छिदरे बाल शाल की लपेट से झाँक रहे थे जो आराम से एक-एक करके गिने जा सकते थे। पपोटे नासूर की तरह सुर्ख़ और होंठ पैदाइशी अधकटा हुआ। आश्चर्य! इस समय बिलकुल जोकरों वाली समानता मुझमें और चचा में लग रही थी। जैसे मेरी छवि बिगड़े आईने में अटककर रह गई हो। जब कभी पिता की कल्पना मैंने की तो वह भी कुछ इसी शक्ल व सूरत के साथ ज़हन में उभरे।

कमरे में घुसते ही वह एक तरफ़ पालथी मारकर बैठ गए। मुझे लगा कि चचा की आवभगत मुझे करनी चाहिए। चिराग़ जला दिया और सामान वाली कोठरी की ओर गया और खाने के लिए कुछ तलाश करने लगा। वहाँ न पीने को शराब न खींचने को तिरयाक बाक़ी बचा था। अचानक मेरी नज़र ताक़चे की ओर उठ गई मुझे ऐसा लगा जैसे यहाँ कुछ हो सकता है, वाक़ई वहाँ शराब की एक छोटी बोतल रखी दिखी जो मुझे विरासत में मिली थी। मेरे जन्म के समय खींची गई शराब तब से अब तक यहाँ रखी थी। इस बीच मुझे कभी उसका ख़याल भी नहीं आया था, और न ही मुझे याद रहा कि यहाँ एक बोतल शराब भी मौजूद है। मेरा हाथ उस बोतल तक पहुँच जाए इसलिए मैंने पास पड़ा स्टूल घसीटा और उस पर चढ़ गया। चाहता था कि बोतल हाथ बढ़ाकर उठाऊँ कि अकस्मात् मेरी निगाह कारनिस के हवादान से होती कमरे के पीछे फैले मैदान पर जा पड़ी। वहाँ एक बूढ़ा कुबड़ा सर्व के दरख़्त के नीचे बैठा था और एक जवान लड़की, नहीं एक आसमानी फ़रिश्ते के रूप में वह युवती थोड़ा-सा

आगे झुकी हुई अपने दाहिने हाथ में पकड़े गहरे नीले रंग के नीलोफ़र के फूल को आगे बढ़ा रही थी जबकि बूढ़ा अपने बाएँ हाथ की उँगली का नाख़ून दाँतों से चबा रहा था।

लड़की ठीक मेरे सामने चेहरा किए खड़ी हुई थी। देखने से लग रहा था कि जैसे लड़की अपने परिवेश से बिलकुल बेख़बर हो। वह देख रही थी मगर इस तरह नहीं जैसे उसे देखना चाहिए था। बिना किसी इरादे के मदहोश-सी मुस्कान उसके होंठों के किनारों पर आकर जैसे ठहर-सी गई थी मानो वह किसी अदृश्य व्यक्ति के ख़यालों में डूबी हो।

यही वह वक़्त था जब ख़तरनाक जादूगर जैसी फ़रेबी आँखों से मेरी आँखें चार हुईं जिनमें तल्ख़ी भरी फटकार, बला की बेचैनी, ताज्जुब, चेतावनी और वायदों के तैरते भावों को एक साथ नाचते हुए मैंने देखा; और मेरी ज़िन्दगी में चमकी वह इकलौती किरण उन भाव मिश्रित अर्थपूर्ण आँखों की गहराई में एकाएक जा समाई। आईने की तरह झिलमिलाती वे आँखें चुम्बकीय आकर्षण से भरपूर उस एक पल में मेरे पूरे अस्तित्व को वहाँ तक खींचकर ले गईं जहाँ तक इनसानी अक्ल का पहुँचना दुश्वार था। उन तिरछी तुर्कमानी आँखों में कैसी अद्भुत-सी नशीली चमक, साथ ही साथ भयभीत करनेवाली तरंगें जो अपने में सोख लेने की कैफ़ियत रखती थी। जिन्हें देखकर गुमान होता था जैसे कि इन आँखों ने कोई बेहद डरावना दृश्य देखा हो, कुछ ऐसा जो क़ुदरत से परे हो और जिसे हर कोई नहीं देख सकता है। उसके हड्डी उठे कपोल, चौड़ा ललाट, बारीक़ आपस में मिली हुई भवें, भरे-भरे होंठ, आधे खुले से जैसे अभी-अभी एक भरपूर ऊष्मा से भरे चुम्बन से अलग हुए हों और जी न भरा हो। काले खुले बिखरे बाल उसके चाँद जैसे चेहरे को बादलों की तरह घेरे हुए थे। अंगों की कोमलता और लापरवाही भरी अदा का यह वक़्ती ठहराव साफ़ बता रहा था कि यह सन्तुलन भारतीय बुतख़ाने की नर्तकी में ही मुमकिन हो सकता है।

उसकी उदासी और दुख भरी ख़ुशी ये सारी कैफ़ियतें साफ़ बता रही थीं कि न इसका हुस्न मामूली है और न ही उसका व्यक्तित्व। वह एक नशीले

सपने की तरह मेरे सामने थी। मेरे अन्दर भी उसने 'महरे गियाह'* जैसी इश्क़ की तपिश भर दी। उसके नाज़ुक बदन का आकार, कन्धे से बाज़ू तक का मुनासिब कटाव जो उसके कूल्हों से होता पैर के पंजों तक आ रहा था। उसे देखकर लग रहा था जैसे कि उसे उसके जोड़े के आग़ोश से खींचकर ज़बरदस्ती लाया गया हो। वह सृष्टि का मूल तत्त्व थी जिसे उसकी जड़ों से उखाड़ा गया था। उसने चुन्नट भरा लिबास पहन रखा था जो उसके बदन से चिपका हुआ था। मेरी नज़र जब पहली बार उस पर पड़ी थी तो ऐसा लग रहा था जैसे अपने और बूढ़े के बीच की पतली नदी की धार को वह उड़कर पार करना चाहती हो जो वह नहीं कर पाई। ठीक उसी समय बूढ़ा हँस पड़ा, उसकी बीभत्स हँसी ऐसी थी जिसे सुनकर किसी भी आदमी के बदन के रोंगटे खड़े हो सकते थे। वह दो ध्वनियों वाली हँसी सूखी और उपहास से भरपूर बिना चेहरे के भाव को बदले हुए गूँजी थी, जैसे अन्दर के ख़ालीपन को उसने उगला हो।

शराब की बोतल हाथ में थामे हुए मैं स्टूल से कूद पड़ा। मैं बुरी तरह काँप रहा था। मेरा काँपना पता नहीं क्यों भय और सुख की मिली-जुली हालत थी जैसे मैंने कोई वहशतनाक सपना देखा हो। शराब की बोतल को मैंने वहीं ज़मीन पर रखा और अपने दोनों हाथों से सिर को पकड़ा, पता नहीं मैं कितने घंटे और मिनट उस स्थिति में रहा, नहीं समझ पाया? जैसे ही मेरे हवास वापस लौटे, मैं शराब की बोतल उठाकर कमरे में लौटा, देखा चचा वहाँ नहीं थे। कमरे का दरवाज़ा मुर्दे के मुँह की तरह सपाट खुला छोड़ गए थे। मैं अभी भी बूढ़े की उस भयानक हँसी से ज़हनी तौर पर निकल नहीं पाया था।

---

* एक तरह की बेलें हैं जो आपस में उलझी होती हैं। उनकी पत्तियाँ इनसानों के हाथों की तरह होती हैं। उनमें गोल फल जो बीच से इस तरह फटे होते हैं जैसे खुले होंठ। सिसली में पाई जानेवाली यह वनस्पति मर्द व औरत के प्यार का रूपक है। इस पर ढेरों कहानियाँ व क़िस्से लिखे जा चुके हैं। हिन्दुस्तान में यह 'देखा देखी' के नाम से जानी जाती है (शब्दकोश दहख़ुदा)

अँधेरा फैल चुका था। लैम्प से धुआँ निकलने लगा था। वह झुरझुरी, डर और आनन्द भरी मुझे कुछ देर पहले जो बुरी तरह झिंझोड़ चुकी थी उसका असर अभी बाक़ी था। एक नज़र काफ़ी थी मेरी ज़िन्दगी को बदलने के लिए। वह आसमानी फ़रिश्ता, वह ख़यालों में बसी लड़की जिसने इनसानी अक्ल से परे मुझ पर अपना प्रभाव डाला था।

मैं उस वक़्त अपने आप में नहीं था ऐसा लग रहा था जैसे मैं उस लड़की का नाम पहले से जानता हूँ। आँखों से फूटती रौशनी, रंग, ख़ुशबू,अदाएँ, उसका सब कुछ मेरा जाना-पहचाना सा था। मसलन पिछली ज़िन्दगी में हमारी आत्माएँ एक थीं। हम एक ही स्रोत से थे इसलिए अब हमें एक हो जाना चाहिए और इस ज़िन्दगी में साथ-साथ रहना चाहिए, एक-दूसरे से बँध जाना चाहिए। मेरा हरगिज़ यह मतलब नहीं है कि मैं उसका स्पर्श करूँ, बल्कि नज़र न आनेवाली तरंगें जो हमारे शरीर से निकली हों और आपस में घुल-मिल गई हों, मेरे लिए बस उतना ही काफ़ी था। यह संयोग कैसा विचित्र था कि वह पहली नज़र में मुझे अपनी सी लगी। क्या हमेशा ही ऐसा होता है दो प्रेमियों के बीच, जैसे उन्होंने पहले भी एक-दूसरे को देख रखा हो और उनके बीच पूर्व परिचय की अन्तर-धारा बहती रही हो? इस अजीब दुनिया में क्या मैं उसका प्यार चाहता था या फिर किसी का भी, या फिर कोई दूसरा इस तरह से मुझे प्रभावित कर पाता? बूढ़े का खरखराता भयानक अट्टहास गूँजा और हमारे बीच का रिश्ता उस मनहूस ने काट दिया।

तमाम रात मैं इस चिन्ता में डूबा रहा कि जाऊँ और उस रौशनदान से बाहर झाँकूँ मगर बूढ़े की भयानक हँसी से भयभीत रहा, दूसरे दिन भी इसी चिन्ता में डूबा रहा क्या मैं उसके दीदार से हमेशा के लिए आँखें फेर सकता हूँ। तीसरे दिन आख़िर डर से काँपने के बावजूद मैंने फ़ैसला कर लिया कि मैं शराब की छोटी बोतल को उठाकर उसकी जगह पर रख दूँगा। मैंने कोने का पर्दा हटाया और झाँका, काली दीवार, वही अँधेरा जिसने मेरी ज़िन्दगी को ढक रखा था मेरे सामने फैला हुआ था। वहाँ कोई रौशनदान

नज़र नहीं आ रहा था। रौशनदान चारों दीवारों के बीच से अचानक कहीं ग़ायब हो चुका था और दीवारें सपाट लग रही थीं जैसे यहाँ कोई रौशनदान कभी था ही नहीं। मैंने स्टूल को अपनी तरफ़ खींचा और जितनी ज़ोर से मुट्ठी दीवार पर मार सकता था मारी, दीवार में कान लगाकर आहट लेनी चाही, चिराग़ उठाकर नज़रें दौड़ाई लेकिन छोटा-सा निशान तक रौशनदान का कहीं मौजूद नहीं था। मेरी मुट्ठियों की चोट भी मोटी मज़बूत दीवार का कुछ भी न बिगाड़ सकीं।

3

क्या मैं इस पूरी घटना से अपनी आँखें मूँद लूँ? मगर ऐसा कर पाना मेरे बस में नहीं रह गया था। लगता था मेरी रूह पूरी तरह उसके चंगुल में फँस चुकी थी। इन्तज़ार में रहा, सचेत रहा, जुस्तजू में रहा मगर नतीजा कुछ हाथ न लगा। घर के चारों तरफ़ चक्कर लगाकर ज़मीन रौंद डाली, एक दिन दो दिन नहीं बल्कि दो माह चार दिन, ठीक उसी तरह जैसे हत्यारे अपने जुर्म के स्थान पर लौटते हैं। मैं भी हर दिन सूरज डूबने के समय सिर कटे मुर्ग़े की तरह अपने घर के चारों तरफ़ छटपटाता फिरता रहता। यहाँ तक कि मैंने उस जगह की रेत का एक-एक कण और चारों तरफ़ बिखरे पत्थरों को अच्छी तरह पहचान लिया था लेकिन कोई भी निशान सर्व के वृक्ष, नहर और किसी आदमी का वहाँ नहीं मिला था। रातों को चाँद की रौशनी में इस उम्मीद में जूते की एड़ियाँ घिस डालीं कि शायद पेड़ों, पत्थरों और चाँद की निगाहें मुझ पर पड़ जाएँ। इन सभी के सामने गिड़गिड़ाया, विनती की मगर उसकी हल्की-सी झलक तक मुझे देखने को नहीं मिली। मैं समझ गया मेरी सारी कोशिशें बेकार हैं क्योंकि वह इस दुनिया की नहीं है। तब भला उन चीज़ों से वह कैसे ताल्लुक़ रख सकती थी। पानी जिससे उसके बाल धुले थे ज़रूर उस जादुई चश्मे से होगा जो गुफा में दूसरों की नज़रों से छुपा बहता होगा और उसके कपड़ों के रेशम और सूत, जिनसे वह बुना गया होगा कोई साधारण धागे नहीं होंगे और न ही किसी आम आदमी के हाथों वह सिला

गया होगा। वह ख़ुद भी अद्वितीय व्यक्तित्व की मालिक थी। समझ गया हूँ मैं कि वह नीलोफ़र कोई मामूली फूल नहीं थे, मुझे इत्मीनान सा हुआ कि अगर वह मामूली पानी से अपना मुँह धोती तो उसका चेहरा कुम्हला जाता और अगर अपनी पतली लम्बी उँगलियों से नीलोफ़र का मामूली फूल तोड़ती तो उसकी उँगलियाँ फूल-सी मुरझाई पंखुड़ियों की तरह झड़ जातीं।

इन सारी बातों को मैं समझ चुका था। यह लड़की नहीं, यह फ़रिश्ता, मेरे लिए आश्चर्य और देववाणी का ऐसा बोध थी जिसे बयान नहीं किया जा सकता था। उसका वजूद सुकुमार और अनछुआ था। वह थी जिसने मुझमें सोई इबादत की भावना को जगाया। मुझे इस बात का इत्मीनान-सा था जैसे एक अजनबी एक बेहद मामूली आदमी की नज़रें उसे मलिन और अपवित्र कर देंगी। जबसे मैंने उसे खोया है तब से सीसा की बनी एक मज़बूत दीवार बिना किसी झरोखे के मेरे और उसके बीच रुकावट बनकर खड़ी हो गई। मैंने महसूस किया है कि मेरी ज़िन्दगी हमेशा से निरर्थक और ख़ाली-ख़ाली सी रही है, तो भी मैंने उसकी आँखों से असीम आनन्द और मेहरबानी के तैरते भावों को महसूस किया है मगर यह सब एकतरफ़ा था, मुझे जवाब नहीं मिला, क्योंकि उसने मुझे देखा ही कहाँ था। मुझे उन चितवनों की ज़रूरत थी, सिर्फ़ एक नज़र उसकी मेरे लिए काफ़ी थी जो जीवनदर्शन की सारी पेचीदगियों और ख़ुदा के वजूद की पहेलियों को मेरे लिए हल कर देती। फिर मेरे लिए कोई गुत्थी कोई भेद वजूद न रखता।

इस हादसे के बाद मैंने शराब और तिरयाक की मिक़दार ज़्यादा कर दी जो मेरे घाव पर फाहा रखने की जगह, हर क्षण, हर घंटे, दिन-ब-दिन उसकी याद मुझे पहले से कहीं ज़्यादा बेचैन करती। उसका ख़याल, उसका चेहरा, उसका बदन मेरी आँखों के सामने पहले से कहीं ज़्यादा शिद्दत से उभरता।

मैं ऐसा क्या करूँ जो उसे भूल जाऊँ? मेरी आँखें खुलीं हों या बन्द, वह तो मेरे सामने सोते-जागते मौजूद रहती उस रात जब फ़िक्र और तर्क जैसे कि घुल-मिल गए हों। उस चार कोनेवाले रौशनदान से दिखता वह बाहर का दृश्य मेरी आँखों से एक पल के लिए भी ओझल नहीं हो पाया था।

मेरा आराम और चैन लुट चुका था। हर रोज़ सूरज डूबने के समय मेरी दिनचर्या-सी बन गई थी कि मैं बाहर टहलने जाऊँ। एक ज़िद सी सवार हो गई थी कि सर्व के पेड़, नदी की पतली धारा और नीलोफ़र के पौधों को ढूँढ़ निकालूँ। जिस तरह मुझे शराब और तिरयाक की लत लग गई थी उसी तरह टहलने की भी आदत पड़ चुकी थी। जैसे मेरे अन्दर छुपी कोई शक्ति मुझे इस काम के लिए प्रेरित करती हो। तमाम रास्ते मैं उसकी फ़िक्र में डूबा रहता। नौरोज़ के तेरहवें दिन जिस तरह मुझे वह नज़र आई थी काश! उसी तरह फिर मुझे नज़र आ जाए। अगर सर्व का पेड़ ढूँढ़ लेता, उसकी छाया में कुछ देर बैठ लेता तो मेरे अन्दर की यह व्याकुलता भरी तृष्णा शान्त हो जाती। लेकिन अफ़सोस वहाँ केवल झाड़ियाँ, जलती रेत और बदबू फैलाती घूरे पर पड़ी घोड़े और कुत्ते की पसलियों के अलावा कहीं कुछ न था। क्या सचमुच मेरी मुलाक़ात उससे हुई थी? नहीं, हरगिज़ नहीं, मैंने चोरी से छुपकर अपने रौशनदान से उसे देखा भर था। ठीक उस भूखे कुत्ते की तरह जो बू सूँघता हुआ घूरे के ढेर में से अपने लिए कोई चीज़ खाने के लिए ढूँढ़ रहा हो। मगर जैसे ही दूर से कूड़ादान उठाए किसी को घूरे की तरफ़ आता देखता डरकर फ़ौरन छुप जाता है फिर लौटता है और अपने लिए मज़ेदार टुकड़े को ढूँढ़ने की कोशिश में दोबारा जुट जाता है। मेरा भी कुछ ऐसा ही हाल था। लेकिन दीवार का वह मुख्खा तो बन्द हो चुका है। वह मेरे लिए तरोताज़ा फूलों का गुलदस्ता थी जो अब घूरे पर फेंका जा चुका था।

हर रात की तरह, मैं आख़िरी रात भी टहलने निकला। मौसम घटा भरा था। हल्की बारिश के साथ गहरी धुन्ध चारों तरफ़ छाई हुई थी। बारिश जो रंगों की कुरूपता और चीज़ों के घिनौनेपन को छुपा लेती है। मैंने भी अपने अन्दर अजीब-सा सुकून और खुलापन महसूस किया जैसे बारिश की गिरती बूँदों ने मेरे अन्दर की निराशा भरी सियाही को धो डाला हो। आज की रात जो नहीं घटना चाहिए था वह घट गया। मैं सदा की भाँति अकारण ही अपनी सोच में गुम था। तन्हाई के इन क्षणों में कब तक अपने से बात करने में

डूबा रहा मुझे याद नहीं। मैं पहले से भी कहीं ज़्यादा भयभीत हो उठा जब मैंने बादलों के झीने ग़ुबार के बीच से उसका चेहरा अचानक उभरता देखा। भावहीन और कैफ़ियत कुछ ऐसी जैसे दावात के ख़ोल पर बना चित्र, ठहरा और बेजान।

जब लौटने लगा तो अन्दाज़ा हुआ कि रात आधी से ज़्यादा गुज़र चुकी है। बादल ज़्यादा घने हो उठे थे। इतने कि मुझे अपने पैरों के आसपास कुछ सुझाई नहीं दे रहा था। अपनी आदत के अनुसार गुमान सा हुआ जैसे घर के ठीक सामने किसी औरत का काला साया बैठा हुआ हो।

मैंने माचिस जलाई ताकि कुंजी का छेद देख सकूँ। मेरी नज़रें यूँ ही उस साए की तरफ़ उठ गईं। दो शालीन आँखें, काली बड़ी-बड़ी सी, उसके चाँद जैसे कमज़ोर चेहरे पर नज़र आईं। वही आँखें जिनकी चमक से किसी की भी आँखें चकाचौंध हो सकती थीं। नहीं, मुझे धोखा नहीं हुआ। यह काली परछाईं उसी की थी। देखते ही मैं उसे पहचान गया अगर उसे पहले न देख रखा होता। वह वही थी। मेरी हालत उस शख़्स जैसी हो गई जो ख़्वाब देख रहा हो और ख़ुद समझ भी रहा हो कि यह महज़ ख़्वाब है और चाहता है जाग जाए मगर उससे हो नहीं पाता। मैं पूरी तरह चकराया अपनी जगह जम सा गया था अगर जलती तीली मेरी उँगली के पोरों को जला न बैठती तो मैं अपने होश में ही न आता। किसी तरह कुंजी को ताले में घुमाया, दरवाज़ा खोलकर मैं एक किनारे हट गया। वह फुटपाथ से उठी और अँधेरा दालान पार करती हुई कमरे में दाख़िल हो गई जैसे उसे रास्ते का पता हो। मैं भी उसके पीछे कमरे में गया। बौखलाया सा, मैंने आगे बढ़कर लैम्प जलाया तो देखा कि वह सीधे जाकर मेरे बिस्तर पर लेट गई थी। उसका चेहरा अँधेरे में था। नहीं जानता कि उसने मुझे देखा या नहीं। वह मेरी आवाज़ सुन सकती थी या नहीं, देखने में न वह सहमी हुई थी न उसमें किसी भी तरह की भिड़न्त की शक्ति बची हुई थी बस, जैसे यूँ ही वह इधर चली आई हो।

क्या वह दुखी थी? या फिर रास्ता भटक गई थी या फि सपने में चलनेवालों की तरह चलते-चलते अपने आप यहाँ पहुँच गई थी? जानता

हूँ, कोई भी शख़्स, मेरी इस हालत की कल्पना भी नहीं कर सकता है कि मैं किस ख़ामोश दर्द से उस पल गुज़रा हूँगा। नहीं, मुझे कोई धोखा नहीं हुआ है। यह वही औरत, वही लड़की थी अगर मैंने उसे पहले न भी देखा होता तो भी पहचान लेता जिसकी निगाहें बिना देखे ही घूरने का भ्रम देती थीं। बिना किसी झिझक, बिना किसी आवाज़ के, मेरे कमरे में आ चुकी थी। मैं हमेशा यही सोचता था कि हमारी पहली मुलाक़ात कुछ इसी अन्दाज़ से होगी। यह हालत मेरे लिए एक गहरे लम्बे, न समाप्त होनेवाले ख़्वाब का संकेत दे रही थी। क्योंकि जब हम बहुत गहरी नींद में सोते हैं तभी ऐसे सपने नज़र आते हैं और यह ख़ामोशी मेरे लिए निरन्तर बहनेवाले जीवन का सन्देशा थी। क्योंकि अनादि और अनन्त की स्थिति के बारे में कुछ भी कहना मुश्किल है।

मेरे लिए वह औरत थी मगर वह ख़ुद में इनसानों से अलग एक हस्ती थी। उसके चेहरे पर नज़र पड़ते ही मेरे ज़हन से दूसरे सभी चेहरे मिट से गए। उसे देखते ही मैं काँपने लगा और महसूस हुआ जैसे मेरे पैरों की सारी जान निकल गई हो। उसी पल मैं अपनी ज़िन्दगी की उन सारी दर्दनाक दास्तानों को उन आँखों के पीछे से देख लिया, उन्हीं आँखों के, जो ज़रूरत से कहीं ज़्यादा बड़ी-बड़ी थीं। पनीली और चमकीली। जैसे काले हीरे हों जिन्होंने जी भरकर आँसू बहाए हों उन काली आँखों में, उसकी उन काली आँखों में, शबे अबद अर्थात रात की अनन्तता और निरन्तर बढ़ती कालिमा को मैं ढूँढ़ रहा था जो मुझे मिल गई और मैं जादू भरी उन विचित्र आँखों में तैर गया, इस तरह जैसे मेरे वजूद के अन्दर की शक्तियों को बाहर खींचा जा रहा हो। मेरे पैरों के नीचे की ज़मीन काँपने लगी अगर मैं उस समय मूर्च्छित हो जाता तो अवर्णनीय आनन्द से दो-चार होता।

मेरा दिल ठहर गया था। मैंने अपनी साँसें इस ख़याल से रोक रखी थीं, कहीं मेरे साँस लेने से वह फिर बादल या धुआँ बन ग़ायब न हो जाए। उसकी ख़ामोशी एक जादुई करिश्मा थी। जिसने कि हमारे बीच एक बिल्लौर की दीवार उठा दी हो। उसी समय, उसी पल मैं नित्यता में डूब गया। उसकी

थकन से बोझिल आँखों ने प्रकृति से परे ऐसी ग़ैरमामूली चीज़ देख ली हो जिसे सब नहीं देख सकते हैं। उदाहरण के लिए जैसे मौत को सामने खड़ा देखा हो, पपोटे के दोनों कोने आहिस्ता से मिले और आँखें बन्द हो गईं। मैं एक डूबनेवाले की तरह जी-जान की बाज़ी लगाकर पानी की सतह के ऊपर निकला और तेज़ बुख़ार में तपता बुरी तरह काँपता हुआ माथे पर छलक आए पसीने को अपनी आस्तीन से पोंछने लगा।

उसका चेहरा भावहीन था, वह बिना हिले-डुले लेटी थी मगर चेहरा पहले से पतला और कमज़ोर लग रहा था। वह उसी तरह आराम से लेटी अपने बाएँ हाथ की तर्जनी का नाख़ून दाँतों से चबा रही थी, उसका चाँद जैसा दमकता चेहरा और महीन काले कपड़ों में कसा उसका शरीर का हर अंग, हाथ, बाज़ू, दोनों तरफ़ के सीने, जाँघ, पैर, साफ़ नज़र आ रहे थे।

मैं उस पर झुका ताकि उसे ठीक से देख सकूँ क्योंकि उसकी आँखें बन्द थीं। जितना मैं उसे ध्यान से निहारता उतना ही यह अहसास जागता कि वह मुझसे कोसों दूर है। अचानक ख़याल गुज़रा कि मैं उसके मन में छुपी भावनाओं को नहीं जानता और हमारे बीच कोई रिश्ता भी तो नहीं है।

मेरे मन में आया कुछ कहूँ मगर दिल मारकर रह गया कि कहीं उसके कान जो आसमानी मुलायम मधुर संगीत सुनने के आदी हैं उन्हें मेरी कर्कश आवाज़ नगवार न गुज़रे।

एकदम से मुझे इस बात की चिन्ता सताने लगी कि कहीं इसको भूख या प्यास न लगी हो। यह सोचकर मैं कमरे के कोने की तरफ़ बढ़ा ताकि खाने के लिए वहाँ कुछ ढूँढ़ सकूँ, यह जानते हुए कि वहाँ कुछ नहीं है। फिर भी मुझे जैसा पहले महसूस हुआ था कि वहाँ कुछ हो सकता है। ताकचे के ऊपर एक बोतल बग़ली शराब की रखी मिली, जो मुझे पिता की तरफ़ से विरासत में मिली थी। मैंने स्टूल घसीटा उस पर चढ़कर छोटी बोतल उतारी। उसे लेकर दबे पैरों बिस्तर के पास पहुँचा तो देखा वह किसी मासूम बच्चे की तरह थकी-सी सो रही थी। वह सचमुच गहरी नींद में डूबी थी। उसकी मखमली पलकों के साए एक-दूसरे से मिले हुए थे। शराब की बोतल का

ढक्कन मैंने खोला और एक प्याले में शराब भरी और उसके कसे हुए दाँतों के बीच में से बूँदें आहिस्ता-आहिस्ता उसके मुँह में टपकाईं।

ज़िन्दगी में पहली बार एकाएक मैंने ऐसी राहत की साँस ली। जब देखा उसकी आँखें मुँद चुकी हैं। जो शैतान मुझे अभी तक अपने चंगुल में जकड़े था। जो दु:स्वप्न हर रात अपने फ़ौलादी पंजों से मुझे अन्दर ही अन्दर निचोड़ता था, उससे छुट्टी मिली।

मैं अपने लिए कुर्सी लेकर आया और पलंग के पास रख दी और उसकी शक्ल को हैरत से देखने लगा, कैसी बच्चों वाली मासूम सूरत, कितनी अजनबी! क्या ऐसा हो सकता है यह औरत, यह लड़की या एक फ़रिश्ता इतना दुखी हो। नहीं जानता कौन-सा नाम उसके चेहरे को दूँ। क्या ऐसा मुमकिन है कि यह दो ज़िन्दगी एक साथ जीती हो? इतनी ज़्यादा पुरसुकून, उतनी ही बेतकल्लुफ़!

अब मैं उसके बदन की गर्मी को महसूस कर सकता हूँ, उसके घने बालों से उठती नम-सी गंध को सूँघ सकता हूँ। नहीं जानता मैंने अपने काँपते हाथ को ऊपर क्यों उठाया, मेरा हाथ मेरे क़ाबू में नहीं था। मैंने उसके बालों पर अपना काँपता हाथ फेरा, जिसकी एक लट हमेशा की तरह उसकी कनपटी से चिपकी हुई थी। फिर मैंने अपनी उँगलियाँ उसके बालों में फँसाईं जो गीले और ठंडे थे, बिलकुल ठंडे, जैसे उसे मरे कई दिन गुज़र गए हों, मुझे धोखा नहीं हुआ है, वह मर चुकी थी। मैंने अपना हाथ लिबास के अन्दर से उसके सीने पर रखा, ज़रा-सी भी गर्मी महसूस नहीं हुई। आईना उठाकर लाया और उसकी नाक के पास रखा मगर ज़िन्दगी का कोई आसार नज़र नहीं आया।

मैं चाहता था कि अपने बदन की गर्मी से उसके बदन में हरारत भर दूँ, शायद इस तरह से अपनी आत्मा को उसके शरीर में डाल सकूँ। यह सोचकर मैंने उसके शरीर से कपड़े अलग किए और बिस्तर पर पहुँच उसके क़रीब जाकर लेट गया, फिर ठीक नर व मादा 'महरे गियाह' की तरह मैं उससे लिपट गया। वास्तव में उसका बदन मादा 'महरे गियाह' का था जिसे उसके

नर से अलग कर दिया गया था। उसमें इश्क़ की वही तड़प थी जो महरे गियाह की थी। मुँह का मज़ा ठीक खीरे की तरह कड़वा था और कच्चे अंगूर की तरह खट्टा था। कुछ क्षणों बाद मुझे महसूस हुआ कि मेरी शिराओं में ख़ून जम सा गया है जिसका प्रभाव मेरे दिल तक पहुँच चुका था। मेरी सारी कोशिशें बेकार गईं। मैं बिस्तर से नीचे उतरा और कपड़ा पहना, नहीं झूठ नहीं वह इस जगह मेरे बिस्तर पर आई और अपना शरीर मेरे सुपुर्द किया। उसने अपनी रूह और बदन को मेरे हवाले किया!

जब तक वह ज़िन्दा थी, उसकी आँखें ज़िन्दगी से भरपूर थीं मुझे तो सिर्फ़ उसकी यादगार आँखों ने जो क़हर मुझ पर ढाया था। अब वह बेहिस बे हरकत, ठंडी देह और बन्द आँखों के संग यहाँ आई और ख़ुद को मुझे सौंप दिया, उन्हीं बन्द आँखों के साथ!

यह वही थी जिसने मेरी पूरी ज़िन्दगी ज़हर से भर दी थी, मेरी ज़िन्दगी जैसे इस बात के लिए तैयार भी थी कि वह ज़हर आलूदा बन जाए और अब मैं ज़हर भरी इस ज़िन्दगी के अलावा दूसरी ज़िन्दगी चाहकर भी जी नहीं सकता। इस कमरे में इसी जगह उसने अपना तन और अपनी परछाइयाँ मुझे सौंपीं। उसकी टूटी रूह और वक़्ती ठहराव, किसी भी तरह का सम्बन्ध इस दुनिया की ज़मीनों से नहीं रखता था। उसका शिकनों से भरा लिबास जो उसके जिस्म से बुरी तरह चिपका हुआ था उससे आहिस्ता से बाहर निकली और भटकती परछाइयों की दुनिया से जा मिली, वह इस तरह सो गई जैसे मेरी छाया भी अपने साथ ले गई हो। लेकिन अपना बिना हरकत वाला, बेहिस बदन यहाँ छोड़ गई। उसके शरीर के कोमल अंगों का स्पर्श, उसकी हड्डियाँ और तंतु सब अब गलने के कगार पर पहुँच चुके थे जो जल्द ही कीड़े-मकोड़ों और ज़मीन में रहनेवाले चूहों के लिए स्वादिष्ट भोजन बननेवाले थे। मैं इस कमरे में ग़रीबी की हालत में हर तरह की तंगहाली को झेल रहा था। यह कमरा मेरे लिए किसी क़ब्रगाह से कम न था। सदा बनी रहनेवाली स्याह रात मेरे अन्दर समा चुकी थी जो इस कमरे की दीवारों में भी पैवस्त हो गई थी। एक लम्बी अँधेरी सर्द रात में, इस मुर्दे को यानी कि

उसकी लाश को कहीं आसपास ले जाना पड़ेगा। मेरी नज़र में यह दुनिया जब तक रहेगी और मैं ज़िन्दा रहूँगा, यह बेहरकत बेहिस ठंडी लाश मेरे इस अँधेरे कमरे में मेरे साथ साँस लेती रहेगी।

उस लम्हा मेरी सोच जम के रह गई, जब यह अहसास जागा कि मेरी ज़िन्दगी किसी विचित्र जीव की ज़िम्मेदारी से बँधकर रह गई है जबकि मेरी ज़िन्दगी उन सबके लिए थी जो मेरे नज़दीक थे जिनकी परछाइयाँ मेरे चारों तरफ़ डोलती रहती हैं जो गहरा लगाव और बिछोह की पीड़ा, धरती और उस पर साँस लेनेवालों व प्राकृतिक के साथ मेरा था, वह आज भी अदृश्य रिश्तों द्वारा मेरे और कायनात के सभी तत्त्वों के बीच बरक़रार है। किसी भी तरह की फ़िक्र और सोच मेरी नज़रों में मुझे अस्वाभाविक नहीं लगती। मुझे पूरा विश्वास है कि मैं बहुत आसानी से पुरानी चित्रकारिता के भेदों, दर्शन की पेचीदगियों, शुरुआती दौर की कठिनाइयों और उनकी क़िस्मों की खोज कर सकता हूँ। क्योंकि मैं उस पल ज़मीन और आसमान, बढ़ते पेड़-पौधों, जानवरों की गति में बराबर का शरीक रहा, उनका अतीत वर्तमान और भविष्य एक ही शृंखला में मुझसे जुड़ा हुआ है।

इस तरह की घटनाओं के कारण कोई भी अपनी पुरानी आदत या किसी तरह के वहम की पनाह में चला जाता है जैसे शराब पीनेवाला जमकर पीता है, लेखक लिखने में व्यस्त और संगतराश मूर्तियाँ तराशने में डूब जाता है और हर कोई अपने दुख और कुंठा को इन कामों के ज़रिये कम करना चाहता है और अपने बोझ को हल्का करता है। ऐसे ही किसी मौक़े पर एक कलाकार अपनी कला का बेहतरीन 'शाहकार' वजूद में ला सकता है। लेकिन मैं बेचारा, हर कला से दूर सिर्फ़ क़लमदानों के ख़ोल पर तस्वीर बनानेवाला मामूली आदमी आख़िर क्या कर सकता है? यह सारी तस्वीरें सूखी, शोख़ रंगों वाली बेजान-सी जो कि एक तरह की होती हैं ऐसी हालत में ऐसा क्या बना सकता था जो 'शाहकार' में ढाल सके? पता नहीं कैसे मेरे पूरे वजूद में शौक़ की एक तेज़ लहर-सी दौड़ी और अजीब तरह की नई सी सृजनात्मक बेक़रारी जो विशेष तरह की उत्तेजना

से भरपूर थी एकाएक मेरे अन्दर चौकड़ी भरने लगी। मैं चाहता था कि जो आँखें सदा के लिए बन्द हो गई हैं उनकी तस्वीर काग़ज़ पर बना डालूँ और अपने लिए सुरक्षित रख लूँ। इस इच्छा की तीव्रता ने मुझे मजबूर किया कि मैं ऐसा कर डालूँ मगर यह मेरे बस की बात न थी। ख़ासकर तब जब इनसान किसी मुर्दे के साथ क़ैद हो तो इसी तरह के ख़ुराफ़ाती ख़यालात आकर उसे ख़ुशी दे सकते थे।

चिराग़ जो अब धुआँ देने लगा था मैंने फूँक मारकर बुझा दिया और दो मोमबत्तियाँ लाकर उसके सिरहाने जला दीं। मोमबत्तियों की थरथराती रौशनी में उसका चेहरा पहले से ज़्यादा पुरसुकून लग रहा था, कमरे में फैली रौशनी रहस्य का अद्‌भुत समा बाँध रही थी। काग़ज़ और दूसरी ज़रूरी चीज़ें उठा मैं उसके पलंग के सिरहाने आकर खड़ा हो गया, क्योंकि अब यह बिस्तर उसका हो गया था। मैं चाहता था कि वह शक्ल जो धीरे-धीरे गलने और समाप्त होनेवाली है, जो ऊपर से बिना हिले-डुले एक विशेष स्थिति में पड़ी है, फ़ुरसत से उसके चेहरे को काग़ज़ पर उतार लूँ। वे सारे नैन व नक़्श जिन्होंने मुझ पर असर डाला था। उन्हें चुन लूँ और उन्हें काग़ज़ भर खींच दूँ। तस्वीर चाहे जितनी भी संक्षेप में क्यों न बने मगर होनी प्रभावी चाहिए जो सादगी के साथ सीधे दिल पर रूहानी असर डाले। लेकिन मुझे तो क़लमदान के ख़ोल पर छपी हुई पेंटिंग बनाने की आदत थी। अब मुझे अपना पूरा ध्यान अपने काम पर लगाना चाहिए। पहले वे सारी कैफ़ियतें जिन्होंने मेरे दिल पर असर डाला है उन सबको अपनी आँखों के सामने उभारूँ, एक नज़र उसके चेहरे पर डालूँ फिर आँखें बन्द कर लूँ और उसमें से चुने हुए नैन-नक़्श को, काग़ज़ पर उतार लूँ और शायद ऐसा करने से मैं अपने ख़याल और रूह जो तिरयाक के पंजे में फँसी है उसे भी पा सकूँ। अन्तत: मैं ज़िन्दगी से ख़ाली बेहिस चेहरे की लकीरों की पनाह लेने पर मजबूर हो गया।

मेरी यह बात, मुर्दे की चित्रकारी वाली एक विशेष तरह का अर्थ अपने में रखती थी। मुर्दे का चित्र बनाना, दरअसल मैं मरे हुए लोगों का ही तो चित्र अभी तक बनाता रहा था। लेकिन आँखें, वह भी उसकी बन्द आँखें

अब मेरे लिए ज़रूरी था उसे फिर से देखूँ क्योंकि वे आँखें मेरी नज़रों और ज़हन में बहुत साफ़ न थीं।

मैं नहीं जानता सुबह तक मैंने कितनी बार उसके चेहरे का स्केच बनाया मगर कोई भी उसके चेहरे से हू-ब-हू नहीं मिल पा रहा था। तंग आकर हर बार उसे फाड़ देता और दूसरा बनाने लगता। आख़िरकार मैं थक गया। इस बीच मुझे समय के गुज़रने का आभास भी न हुआ।

अँधेरा रौशनी में बदला, उजाला पिछली खिड़की के शीशे से अन्दर दाख़िल हुआ। मैं उसकी तस्वीर बनाने में डूबा रहा। आख़िरी स्केच सबसे बेहतर निकला मगर आँखें? आँखें जिसमें भर्त्सना का ऐसा भाव तैर रहा था जैसे मुझसे ऐसा गुनाह हुआ है जिसकी माफ़ी मुमकिन नहीं, उन आँखों को काग़ज़ पर नहीं उतार सकता था। एकबारगी ज़िन्दगी और उन आँखों की यादें दिमाग़ से बिलकुल साफ़ हो गईं। मेरी सारी कोशिश बेकार गई। उसके चेहरे पर कई बार नज़रें गाड़ीं मगर उस कैफ़ियत को याद करने में कामयाब न हो सका। अचानक मैंने देखा, उसके गाल धीरे-धीरे गुलाबी हो रहे हैं ठीक उस जिगर के रंग के जो क़स्साब की दुकान पर देखा था। उसके निस्तेज पड़े शरीर में जान वापस आ गई थी और आँखें ज़रूरत से ज़्यादा खुल गई थीं। आश्चर्य से भरी उन आँखों में ज़िन्दगी के आसार साफ़ नज़र आ रहे थे। जो अपनी सारी नाख़ुशी के साथ चमक रहे थे। प्रताड़ना देती वे बीमार आँखें बहुत धीमे से खुलीं और मेरे चेहरे पर अटक गईं। यह पहली बार हुआ जब उसने मुझे भरपूर नज़रों से देखा। उसकी नज़रें मेरे चेहरे पर अभी ठीक से ठहरी भी न थीं कि पलकें दोबारा मुँदने लगीं। यह कैफ़ियत एक मिनट से ज़्यादा नहीं रही मगर मेरे लिए इतना ही काफ़ी था। ब्रश की नोक से मैंने उन भावों को काग़ज़ पर उतारा मगर दूसरे काग़ज़ों की तरह इस स्केच को फाड़ा नहीं।

इसके बाद मैं अपनी जगह से उठा और बिना आवाज़ किए, दबे पाँव उसके समीप गया। मेरे ख़याल से वह ज़िन्दा थी। मेरे इश्क़ की तपिश ने

उसके ठंडे पड़े जिस्म में रूह फूँक दी थी। लेकिन क़रीब पहुँचते ही मेरे नथनों में मुर्दों की मख़सूस बू सी आती मुझे महसूस हुई। उसके बदन में छोटे-छोटे कीड़े रेंग रहे थे और दो सुनहरी मधुमक्खियाँ शमा की फीकी रौशनी में उसके चारों तरफ़ चक्कर काट रही थीं। वह पूरी तरह मर चुकी थी। लेकिन उसकी आँखें कैसे खुलीं? नहीं जानता मैं, क्या मैं कोई सपना देखा था, क्या यह सब सच था?

नहीं चाहता कोई भी किसी तरह का सवाल मुझसे करे। असली काम तो उसके चेहरों का स्केच था, नहीं, उसकी आँखें! जब वे आँखें मिल गईं, उन आँखों की रूह को मैं काग़ज़ पर उतार चुका तो उसके बदन का कोई महत्त्व मेरे लिए बाक़ी नहीं बचा था। वह बदन जो नाश होनेवाला हो, ज़मीन में रहनेवाले चूहों और कीड़ों का कौर बननेवाला हो। इसके बाद वह मेरे वश में थी न कि मैं उसकी गिरफ़्त में, अब मैं जब चाहूँ उसकी आँखों का दीदार कर सकता हूँ। उस चित्र को मैंने पूरी सावधानी के साथ टिन की सन्दूक़ची में जहाँ थोड़ी सी जगह थी रखा। फिर उस टिन की सन्दूक़ची को कमरे में कोने में अँधेरे ताकचे में जाकर छुपा आया।

4

रात धीमे-धीमे कुछ इस तरह गुज़र रही थी जैसे वह थकन से चूर हो, इस समय दूर से आती मद्धिम आवाज़ें भी बहुत साफ़ सुनाई पड़ रही थीं। शायद किसी गुज़रनेवाले परिंदे ने ख़्वाब देखा हो या फिर घास ने अपना सिर निकाला हो, इस समय रंग उड़े सितारे बादलों की ओट में जा छुपे हों, मुझे अपने चेहरे पर सुबह की नर्म थपकी का स्पर्श महसूस हुआ। तभी मुर्ग़े के बांग की तेज़ आवाज़ गूँज उठी।

अब मैं इस लाश के साथ क्या कर सकता हूँ। वह लाश जो तेज़ी से ख़राब होने की तरफ़ बढ़ रही थी। पहले ख़याल आया कि इसको यहीं अपने कमरे में गाड़ दूँ, बाद में सोचा क्यों न इसे बाहर ले जाकर किसी कुएँ में फेंक आऊँ, जहाँ नीले नीलोफ़र उगते हों। ये सारे काम सबकी नज़रों से छुपाकर अंजाम देना कितना मुश्किल है। इसके लिए समझ, हिम्मत और दक्षता की ज़रूरत है। फिर मैं यह भी तो नहीं चाहता कि किसी ग़ैर की नज़र इस पर पड़े। ये सारे काम मुझे ख़ुद अपने हाथों से अंजाम देने होंगे, जैसा मेरा दिल कहता है उसके मरने के बाद मेरे जीने का कोई मक़सद नहीं रह जाता? लेकिन उसकी लाश को मामूली और अजनबी निगाहों से, मुझे छोड़कर दूसरी किसी भी निगाह से बचाना होगा। वह मेरे कमरे में आई थी, अपना ठंडा बदन और अपनी परछाईं उसने मुझे सौंपी थी। सिर्फ़ इसलिए कि उस पर किसी की नज़र न पड़े, कोई ग़ैर उसे देख न ले। अन्त में मुझे

एक तरकीब सूझी कि क्यों न इसके बदन के टुकड़े-टुकड़े कर अपने पुराने सूटकेस में ठूँस दूँ और यहाँ से दूर बहुत दूर ले जाकर कहीं गाड़ आऊँ।

इस बार मैंने अपनी तरकीब को रद्द नहीं किया। चाकू जिसका दस्ता हड्डी का बना हुआ था अन्दर कोठरी के ताकचे से उठा लाया। पहले मैंने उसका कपड़ा जो मकड़ी के जाले की तरह उसके बदन से चिपका हुआ था, तन्हा कपड़ा जो वह पहने हुए थी मैंने उसे फाड़ दिया। लग रहा था जैसे उसका क़द बढ़ गया हो क्योंकि मुझे वह इस वक़्त पहले से ज़्यादा लम्बी लग रही थी। कपड़ा फाड़ने के बाद मैंने उसका सिर धड़ से अलग किया। जमा हुआ ख़ून का थक्का उसके गले से गिरा। फिर मैंने उसके हाथों और पैरों को काटा और उसके बदन के सारे अंगों को सूटकेस में ठीक तरह से जमा दिया। कपड़ा, वही उसका काला लिबास उठाकर उससे अच्छी तरह उसे ढक दिया। सूटकेस में ताला लगाकर कुंजी जेब में डाल ली। काम से निबटकर मैंने राहत की साँस ली। फिर सूटकेस को हाथ में उठाकर एक बार वज़न का अन्दाज़ा किया, सूटकेस काफ़ी भारी था। इससे पहले मैंने अपने अन्दर इस तरह की थकन कभी महसूस नहीं की थी। इस सूटकेस को मैं अकेला उठाकर बाहर नहीं ले जा सकता था।

मौसम फिर से घटा भरा हो उठा और धीमी फुहारें पड़ने लगीं। बाहर निकला ताकि जाकर किसी को देखूँ जो सूटकेस को बाहर ले जाने में मेरी मदद कर सके। आसपास कोई नज़र नहीं आया। कुछ दूर पर, ग़ौर से देखने पर धुन्ध के बीच से एक बूढ़ा आदमी दिखा जो कूबड़ निकाले सर्व के वृक्ष के नीचे बैठा था। गर्दन में पड़ी शाल के चौड़े पल्लू से अपना मुँह छुपाए हुए था, जो नज़र नहीं आ रहा था। आहिस्ता से उसके पास पहुँचा और अभी कुछ कह भी नहीं पाया था कि बूढ़ा एक साथ दो आवाज़ों वाली हँसी हँसा, बेहद ख़ुश्क और भयानक, जिसे सुनकर आदमी के बदन के रोंगटे खड़े हो जाएँ! "क्या, हम्माल चाहिए, मैं हाज़िर हूँ; लाश उठानेवाली गाड़ी भी मेरे पास है। रोज़ मैं मुर्दों को उठाकर शाह अब्दुल अज़ीम के पास मिट्टी में

दफ़न करता हूँ, मैं ताबूत भी बनाता हूँ; मैं हर अन्दाज़े का ताबूत रखता हूँ, बाल तक का फ़र्क़ नहीं! मैं हाज़िर हूँ अभी फ़ौरन...हा?"

वह कुछ इस तरह हँसा कि उसके कन्धे झटकों से हिलने लगे। मैंने हाथ का इशारा घर की तरफ़ किया मगर उसने मुझे बोलने की मोहलत भी नहीं दी और बोल उठा।

"ज़रूरी नहीं है कि मैं तुम्हारा घर जानता हूँ...अभी फ़ौरन।" वह अपनी जगह से उठा और मैं घर की तरफ़ पलटा और कमरे में जाकर बड़ी मुश्किलों से लाश वाला सूटकेस चौखट तक खींचकर लाया तो देखा कि एक लाश ढोनेवाली पुरानी खचड़ा-सी मुर्दा गाड़ी घर के ठीक सामने खड़ी थी जिसमें दो काले दुबले घोड़े बिलकुल चुसे हुए जुते हुए थे! आदमी झुका हुआ ऊपर बैठा हुआ था, उसके हाथ में लम्बा सा चाबुक था। उसने मुड़कर मेरी ओर देखा भी नहीं। मैंने सूटकेस को बड़ी मुश्किल से मुर्दा गाड़ी पर रखा। जहाँ विशेष रूप से ताबूत रखने की जगह थी। ख़ुद भी ऊपर चढ़ गया और ताबूत रखनेवाली जगह पर जाकर लेट गया और सिर को किनारे पर टिका दिया ताकि मैं अपने चारों तरफ़ फैला मंज़र देख सकूँ। इसके बाद मैंने सूटकेस को अपने सीने की तरफ़ खींचा और दोनों हाथों से कसकर पकड़ लिया।

चाबुक हवा में लहराया और हाँफते हुए घोड़े रास्ता तय करने लगे। उनकी नाक से निकली भाप चिमनी के धुएँ की तरह इस धुन्ध भरे मौसम में भी साफ़ नज़र आ रही थी। उनके पतले लम्बे पैर उस चोर के हाथों की तरह नज़र आ रहे थे जिसकी उँगलियाँ क़ानूनी धारा के अनुसार काट दी गई हों और उन्हें खौलते तेल में डालकर निकाल लिया गया हो। इस तरह वे पैर कभी तेज़ी से तो कभी धीमी गति से ज़मीन पर पड़ रहे थे। उनकी गर्दनों में पड़ी घंटियाँ, इस गीले मौसम में एक ख़ास तरह की संगीत ध्वनि पैदा कर रही थीं। एक अजीब तरह का आराम बिना किसी तर्क एवं विवेचना के मेरे सारे शरीर में फैल रहा था। मुर्दा गाड़ी की चाल कुछ ऐसी थी कि मेरे पेट का पानी तक नहीं हिल पा रहा था, मगर भारी सूटकेस का वज़न मेरी पसलियाँ ज़रूर महसूस कर रही थीं।

उसका मुर्दा जिस्म, उसकी लाश का यह वज़न सदा मेरे दिल पर भारी बोझ बना रहेगा। गहरी धुन्ध ने सड़क को अपने में लपेट रखा था। मुर्दा गाड़ी तेज़ मगर बिना किसी झटके के मैदान, नदी, पहाड़ पार करती एक गति से चलती चली जा रही थी। चारों तरफ़ का दृश्य पहली नज़र में कुछ अलग और बड़ा आधुनिक सा नज़र आया। जिसे न मैंने सोते में न जागते में देखा था। पहाड़ कटे-कटे से बिखरे, वृक्ष की क़तारें अजीब टेढ़ी-मेढ़ी सी, वृक्ष लानत बने सड़क के दोनों तरफ़ खड़े थे जिनके बीच से दिखते सुरमई रंग के तिकोने और चौकोर आकार के एक से बने घर जिनकी तंग अँधेरी बिना शीशों वाली खिड़कियाँ थीं। जो कुछ इस तरह की लग रही थीं जैसे तेज़ बुख़ार में किसी की चकराई बेचैन आँखें! पता नहीं उन दीवारों में ऐसा क्या था जिनको देखकर इनसान के दिल पर अवसाद की अनुभूति और ठंड की झुरझुरी-सी सारे बदन में छा जाती, जिनमें जाकर किसी भी ज़िन्दा इनसान का रहना नामुमकिन सा था सिवाय उन भटके भूत प्रेतों के, जिनके लिए यह घर बनाए गए होंगे।

बूढ़ा कुबड़ा गाड़ीवान मुझे किसी ख़ास रास्ते या फिर घुमा-फिराकर ले जा रहा था। जहाँ मीलों तक कटे और टेढ़े-मेढ़े से वृक्षों की पंक्तियाँ फैली हुई थीं जिनके बीच से झाँकते घर ऊँचे और नीचे ज्यामितिक आकारों में बने, जिनकी खिड़कियाँ पतली और तिरछी थीं। पूरी तरह खँडहर में तब्दील शंक्वाकार, इनके बीच-बीच से नीलोफ़र के गहरे नीले फूलों की बेलें उगी हुई थीं जो नीचे से ऊपर को जा रही थीं। अचानक यह दृश्य गहरी धुन्ध में छुप गया। पानी से भरे मेघों ने पहाड़ की चोटियों को ढक लिया और धीरे-धीरे बूँदें गिरनी शुरू हो गईं। मौसम कुछ ऐसा हो गया जैसे चंचल, आवारा ग़ुबार फुहारों में बदल गया हो। काफ़ी देर चलने के बाद मुर्दा गाड़ी एक ऊँचे पहाड़ के नीचे बिना घास-पानी की जगह पर जाकर ठहर गई।

मैंने भारी सूटकेस को सीने से सरकाया और नीचे उतरा। पहाड़ के पीछे शान्त और साफ़-सुथरा सा परिसर था। यह जगह मैंने इससे पहले

नहीं देखी थी। मेरे लिए जगह अनजान थी मगर मुझे बड़ी पहचानी सी लग रही थी। कहने का मतलब था मेरी कल्पना से बाहर की जगह नहीं थी। पूरी जगह बिना सुगंध के गहरे नीले रंग के नीलोफ़र के खिले पुष्पों से भरी हुई थी। मुझे लगा कि इधर की तरफ़ कोई आया नहीं है। मैंने लाश का सूटकेस नीचे उतारा। गाड़ीवान ने मेरी तरफ़ मुँह घुमाया और कहा, "यह जगह शाह अब्दुल अज़ीम के पास है, यहाँ परिन्दा भी पर नहीं मारता, हा! इससे बेहतर तुम्हारे लिए कोई और जगह नहीं हो सकती थी।" मैंने जेब में हाथ डाला, ताकि गाड़ीवान का मेहनताना दे सकूँ। जेब में दो क़रान एक अब्बासी के सिवा कुछ न था। गाड़ीवान बेहद सूखी भयानक हँसी हँसा और कहने लगा :

"कोई बात नहीं, बाद में ले लूँगा, घर तो आपका देख लिया है, कुछ और काम तो नहीं, हा? मैं क़ब्र खोदने के मामले में अनाड़ी नहीं हूँ, हा? शर्म की बात नहीं, चलता हूँ यहीं पास में नदी के किनारे, सर्व का पेड़ है, फावड़े से ठीक सूटकेस की नाप की क़ब्र खोदकर आगे बढ़ जाऊँगा।"

वह बूढ़ा आदमी बड़ी फुर्ती से, जिसकी कल्पना भी मैं नहीं कर सकता था, अपनी गाड़ी की गद्दी से नीचे कूदा। मैंने सूटकेस पकड़ा और दोनों चल पड़े दरख़्त के तने के पास जहाँ सूखी नदी का तल था। वह बोल पड़ा।

"यह जगह ठीक है?"

इससे पहले कि मेरा जवाब सुनता वह फावड़ा और बेलचा जो अपने साथ लाया था उससे ज़मीन खोदनी शुरू कर दी। मैंने सूटकेस ज़मीन पर रखा और हैरान होकर वहीं खड़ा हो गया। बूढ़ा अपने कूबड़ के साथ झुका, बड़ी फुर्ती से आदमी के पुराने काम में जुटा हुआ था। खोदते-खोदते अचानक उसे मिट्टी के अन्दर से क़लई चढ़ा चिकना-सा कोई बर्तन मिला। उसे गन्दे से रूमाल में लपेटकर वह खड़ा हुआ और कहने लगा।

"यह गड्ढा है न, ठीक सूटकेस के बराबर है, बाल भर का जो फ़र्क़ हो, हा!"

मैंने जेब में हाथ डाला ताकि उसकी मज़दूरी दे दूँ।

दो क़रान एक अब्बासी से ज़्यादा एक छदाम भी जेब में न था। बूढ़ा भयानक ख़ुश्क हँसी हँसा, "नहीं चाहिए! इसकी क्या ज़रूरत है। आपका घर तो जानता हूँ, हाँ अलबत्ता अपनी मज़दूरी के बदले मुझे रंग व रोगन किया, यह गुलदान मिल गया ज़रूर यह पुराने शहर 'रे'* का होगा, हा?"

उसी तरह कूबड़ निकाले झुका-झुका सा घृणित हँसी हँसा! कुछ इस तरह से हँसा कि झटकों से उसके कन्धे हिलने लगे। मीनाकारी किया गुलदान गन्दे अँगोछे में लिपटा उसके बग़ल में दबा था। उसी तरह वह अपनी गाड़ी की तरफ़ गया और एक ख़ास क़िस्म की फुर्ती के साथ वह उचककर अपनी गद्दी पर बैठ गया। चाबुक हवा में सनसनाया और हाँफते हुए घोड़े आगे बढ़ने लगे। उनकी गर्दनों में पड़ी घंटियाँ इस बदली के मौसम में बड़ी सुरीली आवाज़ करती गाड़ी के साथ आगे बढ़ने लगीं और धीरे-धीरे धुन्ध के बादलों के बीच आँखों से ओझल हो गईं।

मैं जैसे ही तन्हा हुआ, मैंने राहत की साँस ली ऐसा लगा जैसे मेरे दिल पर से भारी बोझ उतर गया हो और एक बेहद अजीब-सी आराम भरी कैफ़ियत मेरे दिल व दिमाग़ पर छा गई। दूर तक मैंने नज़रें दौड़ाईं। यह, एक छोटा-सा परिसर था जहाँ नीले रंग के पहाड़ फँसे हुए से नज़र आ रहे थे। पहाड़ियों की एक शृंखला के ऊपर चौड़ी ईंटों से बने पुराने घर और एक सूखी नदी की तलहटी क़रीब से गुज़रती नज़र आ रही थी। यह आरामदेह जगह बिना किसी शोर-शराबे के आबादी से ख़ासी दूर थी। मुझे ख़ुशी सी महसूस हुई और सोचने लगा कि जब बड़ी-बड़ी आँखों वाली ज़मीनी शै ख़्वाब से जागेगी तो इस मुनासिब जगह और इन घरों का हुलिया देख, उस वक़्त वह अपने को लोगों से अलग-थलग और बाक़ी मुर्दों से भी अपने को दूर पाएगी। ठीक उसी तरह जैसे ज़िन्दगी भर वह दूसरों से दूर रही।

सूटकेस को मैंने पूरी, सावधानी के साथ उठाया और गड्ढे के बीचोबीच

---

* एक पुराना शहर तेहरान से दक्षिण की ओर जिसे रागे भी कहा जाता है।

रख दिया। गड्ढा बिलकुल सूटकेस के नाप का था, बाल भर का भी फ़र्क़ न था लेकिन एक इच्छा मन में उठी, जाने से पहले एक बार, सिर्फ़ एक आख़िरी बार उसका दीदार कर लूँ। मैंने दूर तक अपनी चोर नज़रें दौड़ाई वहाँ न आदम था न आदमजाद! जेब से चाबी निकाली बेफ़िक्र होकर सूटकेस खोला। उसकी लाश के ऊपर ढका उसका काला लिबास ज़रा सा सरकाया ही था कि क्या देखता हूँ कि थक्के जमे ख़ून के बीच उसके कटे अंगों में मनों के हिसाब से कीड़े बिलबिला रहे थे। उसकी उन दो बड़ी-बड़ी काली आँखों को देखा जो बड़े निस्संकोच भाव से मुझे घूर रही थीं। इन्हीं आँखों की गहराई में मेरी पूरी ज़िन्दगी डूब चुकी थी। तेज़ी से मैंने सूटकेस को बन्द किया और उस पर मिट्टी डालने लगा। जब गड्ढा पट गया फिर मिट्टी को अच्छी तरह पैरों से दबाया ताकि ज़मीन बराबर हो जाए। जब मिट्टी सख़्त पड़ गई तो मैं जाकर बिना गंध वाले गहरे नीले रंग के नीलोफ़र के ढेरों फूल ले आया और उन्हें अच्छी तरह क़ब्र पर बिछा दिया, इसके बाद बालू और पत्थर उठाकर इस तरह क़ब्र पर फैलाया कि लगे यहाँ कभी कोई क़ब्र थी ही नहीं। यह काम मैंने ऐसी महारत से किया था कि चन्द लम्हे बाद मैं ख़ुद भी ढूँढ़ न सका कि वहाँ क़ब्र किस जगह थी।

काम ख़त्म करने के बाद मेरी निगाह अपने कपड़ों पर गई, धूल से अटे, जगह-जगह से फटे जिन पर ख़ून के थक्कों के काले सूखे धब्बे पड़े थे। दो सुनहरी मधुमक्खियाँ मेरे चारों तरफ़ मँडरा रही थीं और मेरे जिस्म पर छोटे-छोटे कीड़े चिपके हुए थे जो रेंग भी रहे थे। मैं अपने कपड़ों पर पड़े ख़ून के धब्बों को छुड़ाना चाहता था मगर जितना उन पर थूक लगाकर मसलता, वे उतना ही फैलते और पहले से ज़्यादा बदतर नज़र आते और साथ ही साथ ज़्यादा गहरे रंग के हो जाते, इस तरह से वह पूरे बदन में फैल गए और मुझे महसूस हुआ जैसे ठंडे ख़ून के थक्कों से मेरा शरीर भर गया हो।

सूरज डूबने का समय हो रहा था। फुहारें पड़ रही थीं। बिना कुछ सोचे मैं मुर्दा गाड़ी के पहियों के निशान पर चल पड़ा। जैसे ही अँधेरा हुआ पहियों के निशान दिखना बन्द हो गए तो भी बढ़ते अँधेरे के साथ मैं बिना कुछ सोचे-समझे लगातार आगे की तरफ़ बढ़ता रहा यह जाने बग़ैर कि मुझे पहुँचना कहाँ है, मेरा इरादा और मक़सद क्या है? आख़िरी बार उन ख़ून के थक्कों के बीच उसकी बड़ी-बड़ी आँखों को देखने के बाद, अँधेरी रात में, रात की इस गहराई में मेरी सारी ज़िन्दगी अपने में डुबो रखी थी, मैं चल रहा था, क्योंकि वह दो आँखें जो मंज़िल की चिराग़ थीं हमेशा के लिए बुझ चुकी हैं। ऐसी हालत में मेरे लिए क्या फ़र्क़ पड़ता था कि मैं अपने ठिकाने पहुँचूँ या शायद कभी न पहुँचूँ।

चारों तरफ़ सन्नाटे की हुकूमत थी और मुझे ऐसा महसूस हो रहा था जैसे मुझे सबने तन्हा छोड़ दिया है और अब मैं बेजान चीज़ों के बीच में साँस ले रहा हूँ। मेरे और नैसर्गिक गतिविधियों एवं घोर कालिमा के बीच पनपा अटूट रिश्ता अब मेरी आत्मा की गहराइयों में उतर रहा था। यह सन्नाटा एक ऐसी भाषा थी जो मेरी समझ से परे थी। इतना चलने के बाद मेरा सिर घूमने-सा लगा और जी मितलाने से मेरे पैर सुस्त पड़ गए और एक कभी न समाप्त होनेवाली थकन मुझे महसूस होने लगी। दोनों हाथों से मैंने सिर पकड़ लिया। सड़क के एक तरफ़ क़ब्रिस्तान था, वहीं जाकर मैं एक क़ब्र के पत्थर पर बैठ गया। मुझे अपने इस हाल पर हैरानी सी हो रही थी। तभी बेहद सूखी, भयानक हँसी गूँजी, जिसने मुझे चौंकाकर रख दिया। अपनी गर्दन घुमाई तो देखा, मेरे पहलू में कोई बैठा है जिसने गर्दन में पड़ी शाल से अपना सिर और चेहरा छुपा रखा था। उसके बग़ल में कपड़े में लिपटा कोई बस्ता दबा हुआ था। उसने चेहरा मेरी तरफ़ घुमाया और कहने लगा।

"ज़रूर तुम शहर जाना चाहते हो, रास्ता भूल गए हो, हा? जानता हूँ, तुम दिल ही दिल में सोच रहे होगे, रात के इस पहर क़ब्रिस्तान में क्या कर रहा हूँ मैं? डरो मत! मेरा रिश्ता सीधे मुर्दों से है, उनके लिए

क़ब्र जो खोदता हूँ। यह कोई बदलचनी नहीं, हा, मैं यहाँ के चप्पे-चप्पे से वाक़िफ़ हूँ कुआँ हो या पहाड़। बताता हूँ तुम्हें, मिसाल के तौर पर आज मैं एक क़ब्र खोदने गया था। खोदते हुए ज़मीन में दबा यह गुलदान मिट्टी के नीचे से निकला, गुलदान राग़े, पुराने शहर 'रे' का है, हा? आपके क़ाबिल तो नहीं, फिर भी मैं यह पात्र आपको देता हूँ, मेरी तरफ़ से यादगार समझकर रखो।"

मैंने जेब में हाथ डाला दो क़रान व एक अब्बासी निकाली और बूढ़े की तरफ़ बढ़ाई। वह बूढ़ा बेहद सूखी भयानक हँसी हँसा।

"हरगिज़ नहीं, मैं तो आपको पहचानता हूँ, आपका घर मुझे पता है, यहीं बग़ल में मेरी मुर्दा गाड़ी खड़ी है, आइए आपको घर तक पहुँचा दूँ, दो क़दम दाहिनी तरफ़" उस बर्तन को मेरी गोद में रख, वह उठ खड़ा हुआ। हँसी की शिद्दत की वजह से उसके दोनों कन्धे हिल रहे थे।

मैंने वह बस्ता उठा लिया और उस कुबड़े बूढ़े के पीछे-पीछे चल पड़ा। पेचदार रास्तों से गुज़रता मुर्दा गाड़ी के पास पहुँचा। मुर्दा गाड़ी देखने में खचड़ा थी जिसमें दो मरगिल्ले घोड़े जुते हुए थे। बूढ़ा ग़ज़ब की फुर्ती के साथ उचका और पलक झपकते अपनी गद्दी पर जा बैठा। मैं भी गाड़ी में चढ़ा और ताबूत रखनेवाली जगह पर जाकर सीधा-सीधा लेट गया। अपना सिर उठी हुई जगह पर मैंने टिका दिया ताकि अपने चारों तरफ़ फैले माहौल को देख सकूँ। उस कपड़ा लिपटे पात्र को मैंने सीने पर टिका लिया और दोनों हाथों से कसकर पकड़ लिया।

उसके हाथ से पकड़ा चाबुक हवा में लहराया जिसकी आवाज़ के साथ हाँफते घोड़े चल पड़े। उनके पैर बिना आवाज़ किए धीरे-धीरे ऊपर-नीचे पड़ रहे थे। उनके गर्दनों में पड़ी घंटियाँ इस नम मौसम में किसी जलतरंग की तरह बज रही थीं। बादलों के पीछे से सितारे, जैसे ख़ून का थक्का जमी, आँखों की तरह टिमटिमाते ज़मीन को देख रहे थे। मैं बड़ी आराम की मुद्रा में लेटा हुआ था। बस, वह पात्र किसी लाश की तरह मेरे सीने पर बोझ बना हुआ था। दरख़्तों की शाखाएँ पेच दर पेच इस तरह झुकी और आपस

में उलझी हुई थीं अगर इस अँधेरे में डरकर वह हिलें या फिसलकर गिरें तो एक-दूसरे का हाथ थामे रहें। अजीब व ग़रीब तरह के घर कटे-कटे से अंकों के आकार के, जिनकी खिड़कियाँ बिलकुल काली, वे सड़क के किनारे क़तार बाँधे खड़े थे। लेकिन इन मकानों की दीवारों की चौखटें अलबत्ता जुगनू की तरह धुँधली दीप्ति और अपनी नाख़ुशी को दिखाते नज़र आ रही थीं। सहमे हुए दरख़्तों के झुंड के झुंड एक के बाद एक गुज़र रहे थे जैसे एक-दूसरे का पीछा करते भाग रहे हों। मुझे नज़र आ रहा था कि नीलोफ़र की नरम टहनियाँ पेड़ों की जड़ों से लिपटी ज़मीन पर फैली हुई थीं। लाश की बू, गलते गोश्त की गंध ने मुझे अपने घेरे में इस तरह से कस रखा था जैसे हमेशा से मुर्दे की बू मेरे बदन में बसी हुई हो और मैं अपनी सारी उम्र, एक अँधेरे ताबूत में लेटे हुए गुज़ार चुका हूँ और ऊपर से एक बूढ़ा कुबड़ा, जिसकी सूरत मैंने नहीं देखी, वह मुझे धुन्ध और गुज़रे लोगों की परछाइयों के बीच से भगाए लिए जा रहा था।

मुर्दा गाड़ी चलते-चलते अचानक रुक गई। मैंने वह बस्ता उठाया और मुर्दा गाड़ी से कूदा। मैं घर के सामने था। तेज़ी से अपने कमरे में घुसा और बस्ते को मेज़ पर रखा और फुर्ती से टिन वाली छोटी सन्दूक़ची, वही सन्दूक़ची जिसमें वह स्केच रखकर अँधेरी कोठरी में छुपा दिया था, खोली, चाहता था वह ख़ाली सन्दूक़ची बूढ़े गाड़ीवान को उसकी मज़दूरी के बदले में दे दूँ। शीघ्रता से उसे उठाए जब मैं बाहर निकला तब तक वह उड़नछू हो चुका था। गाड़ीवान व उसकी मुर्दागाड़ी का दूर-दूर तक कहीं कोई निशान न था, निराश हो मैं दोबारा कमरे में लौट आया।

चिराग़ जलाकर मेज़ पर रखा, गन्दे कपड़े से लिपटे उस गुलदान को बाहर निकाला। उस पर जमी धूल को मैंने अपनी आस्तीन से रगड़कर साफ़ किया, उस पात्र पर पुरानी चिकनी बैगनी रंग की क़लई चढ़ी हुई थी जिस पर सुनहरी मधुमक्खियों के रंग का बारीक़ काम किया गया था। एक तरफ़ उसके ऊपर लौज़ के आकार से गहरे नीले रंग का हाशिया और और बीच में...

उसकी सूरत...! उस पर एक औरत की तस्वीर बनी हुई थी जिसकी आँखें काली बड़ी-बड़ी सी आम आँखों से कुछ ज़्यादा ही बड़ी, प्रताड़ना से भरी वे आँखें मुझे घूर रही थीं। मानो मुझसे ऐसा गुनाह हो गया हो जिसकी माफ़ी नहीं मिल सकती लेकिन वह गुनाह है क्या, यह तो मैं भी नहीं जानता। वह जादूभरी फ़रेबी आँखें एक तरफ़ बेचैन तो दूसरी तरफ़ चकित, एक तरफ़ फटकारती तो दूसरी तरफ़ वायदा देती हुई जिनमें भय भी था और कशिश भी। उनमें प्रकृति से अलग एक मस्ती भरा ख़ुमार था जो आँखों की गहराई में झिलमिला रहा था। हड्डी उठे रुख़सार, चौड़ी पेशानी, बारीक़ आपस में मिली भवें, भरे-भरे अधखुले होंठ और बेतरतीब बाल जिसमें से कुछ लटें कनपटी से चिपकी हुईं।

कल रात जो मैंने उसका स्केच बनाया था उसे सन्दूक़ची से बाहर निकाला, तुलना की तो महसूस हुआ कि वह उस गुलदान पर बनी तस्वीर से ज़रा भी फ़र्क़ नहीं रखता था। देखकर लगता था जैसे एक ही तस्वीर आमने-सामने रखी हो, उन्हें एक ही बदक़िस्मत चित्रकार ने बनाया, जो क़लमदान साज था। शायद गुलदान पर तस्वीर बनानेवाले चित्रकार की रूह मुझमें समा गई हो जब मैं यह तस्वीर बना रहा था और मेरे हाथ से हू-ब-हू तस्वीर बन गई हो। दोनों को एक-दूसरे से अलग जाँचा नहीं जा सकता था। फ़र्क़ दोनों में बस इतना था कि मेरी तस्वीर काग़ज़ पर थी और वह तस्वीर गुलदान पर पुरानी लुआबी कलई द्वारा की गई थी। जिसमें क़ैद रहस्यमयी अनजानी असाधारण रूह की उपस्थिति को बख़ूबी महसूस किया जा सकता था। आँखों की गहराई में एक नटखट रूह जैसी किरण फूट रही थी, नहीं, यह बिलकुल यक़ीन के क़ाबिल बात न थी; वही बेफ़िक्र सी बड़ी-बड़ी आँखें और अलगाव भरा चेहरा उतना ही आज़ाद!

कोई नहीं जानता कि मेरे दिल पर क्या गुज़री। जी में आता है कि ख़ुद अपने आपसे कहीं दूर भाग जाऊँ। मैं कैसे यक़ीन करूँ कि जीवन में इस तरह के इत्तफ़ाक़ात भी मुमकिन हो सकते हैं कि मेरी आँखों के सामने मेरी ज़िन्दगी की सारी बदक़िस्मती दोबारा आन खड़ी हो? क्या किसी एक शख़्स

की आँखें मेरी ज़िन्दगी के लिए काफ़ी नहीं थीं। अब दो लोग उन्हीं आँखों से, आँखें जो उसकी थीं, मुझे ताक रहे थे, नहीं बिलकुल नहीं, यह सहन करना मेरे लिए बहुत मुश्किल है। वह आँखें तो ख़ुद पहाड़ के पास, सर्व के पेड़ के नीचे, नदी की सूखी तलहटी के किनारे दफ़नाई जा चुकी थीं जिसे गहरे नीले रंग के नीलोफ़र के फूलों के नीचे, गाढ़े जमे ख़ून के थक्कों के संग, कीड़ों, डसनेवाले, जानवरों के बीच जश्न मनाने के लिए छोड़ा जा चुका था। जहाँ वनस्पति के रेशे जल्द ही आँखों के हलक़ों में पहुँच उनका रस चूसेंगे तो भी ज़िन्दगी से भरपूर ये आँखें मुझे घूर रही थीं।

5

सच पूछा जाए तो मैं ख़ुद को इस हद तक भाग्यहीन और घृणित नहीं मानता था लेकिन मेरे अन्दर छुपा अपराधी भाव मुझे अब यह सोचने पर मजबूर कर रहा था। यह भी अपने में विचित्र संयोग था कि इस कुंठा के साथ, बिना किसी कारण के एक ख़ुशी, विचित्र तरह की प्रसन्नता का जज़्बा मेरे अन्दर हिलोरें ले रहा था जब मुझे पता चला कि मेरा एक पुराना हमदर्द भी इस दुनिया में मौजूद था। गुज़रे ज़माने का यह चित्रकार, जिसने सामने रखे हुए गुलदान पर सौ साल नहीं तो हज़ारों साल पहले यह दिलकश तस्वीर बनाई थी, असलियत में माना जाए तो वह मेरा हमदर्द ही था? और यह भी हो सकता है कि मेरे और उसके अनुभवों में ख़ासी समानता हो? अभी तक मैं ख़ुद को संसार की हर चीज़ से ज़्यादा भाग्यहीन समझता था मगर अब समझ में आया, किसी दौर में इन पहाड़ों पर मोटी ईंटों से बने मकानों के वीरान खँडहरों में भी इनसान रहा करते थे। आज जिस्म तो दूर उनकी हड्डियाँ तक मिट्टी में मिल चुकी थीं, उनके विभिन्न अंग अब नीलोफ़र के रूप में जहाँ लहलहा रहे थे। क्या पता उन्हीं में से कोई, कोई मुसीबत का मारा चित्रकार कोई लानतज़दा चित्रकार या मेरी तरह क़लमदान के ख़ोल पर चित्रकारी करनेवाला बदक़िस्मत चित्रकार भी शामिल हो। मैं सब कुछ महसूस कर रहा हूँ मगर सिर्फ़ एक बात जानना चाह रहा था कि उनमें से कोई मेरी तरह उन दो बड़ी-बड़ी

काली आँखों के लिए ज़िन्दगी भर जलता-सुलगता रहा हो, इसीलिए मेरी दिलदारी कर रहा था।

मैंने काग़ज़ पर बनाई उस तस्वीर को वहीं मेज़ पर तस्वीर बने गुलदान के साथ सजा दिया और बाहर जाकर बड़े चाव के साथ अपने लिए मनक़ल* की तैयारी में जुट गया। जब कोयले सुलगकर लाल अंगारों में तब्दील हो गए तो मनक़ल उठाकर मैं अन्दर लाया और तस्वीरों के सामने रख दिया और वाफ़ूर पर तिरयाक लगा एक साथ कई कश खींचे। तिरयाक का असर मुझ पर आहिस्ता-आहिस्ता हो रहा था और चकित नज़रों से मैं उन दोनों चित्रों पर नज़रें गाड़े था। चाहता मैं यही था कि तिरयाक के धुएँ में अपने बिखरे ख़यालात जमा करूँ क्योंकि यह धुआँ ही मुझे एक आरामदेह स्थिति में पहुँचाकर मेरा ध्यान किसी एक विचार बिन्दु पर केन्द्रित करने में मेरी मदद कर सकता था!

जितनी तिरयाक मेरे लिए बची हुई थी, उसे मैं तब तक खींचता रहा जब तक इस अजनबी नशे ने मेरी कठिनाइयों, मेरी आँखों पर पड़े पर्दे और उन पुरानी यादों के लगातार बढ़ते सुरमई टीलों को बिखेर न दिया। मैं इन्तज़ार में था, वह आया उसे मुझसे ज़्यादा जल्दी थी। धीरे-धीरे मेरी सोच साफ़, विस्तृत और पर्तदार-सी होने लगी। मुझ पर ख़्वाब और बेसुधी की सी कैफ़ियत छाने लगी।

इसके बाद ऐसा लगा जैसे अब मैं अपने सीने पर पड़ा बोझ बड़े आराम से सहन कर सकता हूँ। गुरुत्व नियम का मेरे लिए कोई वजूद बाक़ी नहीं बचा था। अब मैं पूरी आज़ादी के साथ अपने विचारों, जो सूक्ष्म, गम्भीर और पूरी तरह खुल चुके थे, उड़ान भर सकता था। मेरे सारे बदन में गहरा सुरूर-सा छा गया था। क़ैद के बोझ से तन आज़ाद था। एक आरामदेह दुनिया लेकिन रहस्यमयी और ख़ुशगवार, रंगों व शक्लों से भरी हुई, बाद में मेरे विचार एक-दूसरे का पीछा करते हुए—आहिस्ता-आहिस्ता इन रंगों में जाकर घुल गए। जिन मौजों के बीच मैं ग़ोताख़ोर बना हुआ था, वह स्नेह,

* लोहे या टीन की चौकोर अँगीठी।

उन्हीं के प्रभाव की देन थीं। अपने दिल की धड़कनें मैं सुन रहा था, अपनी शिराओं के बहाव को महसूस कर रहा था। सच पूछा जाए तो यह हाल मेरे लिए बड़ा अर्थमय और आनन्दमयी था।

मैं दिल की गहराइयों से चाहता था। मेरी आरज़ू भी थी कि मैं अपने को भुला देनेवाले सपनों के हवाले कर दूँ। अगर यह फ़रामोशी मुमकिन होती, उसमें निरन्तरता होती! मान लो मेरी पलकें बन्द हो जाती हैं और मैं, अपनी इस दुनिया से परे एक अजनबी लोक पहुँच जाता हूँ जहाँ मुझे अपने वजूद का होश न रहता, तब क्या ऐसा मुमकिन हो सकता है कि मेरा सारा वजूद एक चुटकी भर मिश्रण या फिर संगीत की किसी लय में या फिर रंगीन किरण में घुल जाता और सारी परेशानियाँ और थपेड़े उस विस्तार में जा अचानक धुँधले पड़कर ग़ायब हो जाते, तब कहीं मैं अपनी कामना तक पहुँच पाता।

धीरे-धीरे नशा गहराने लगा, मूर्च्छा-सी मुझ पर छाने लगी जैसे एक मीठी-मीठी थकन और झीना-झीना सुरूर मेरे अन्दर से निकल बाहर आ रहा हो। इसके पश्चात् मुझे अनुभव हुआ जैसे कि मेरी हालत बिगड़ रही है। धीरे-धीरे पुरानी बातें और घटनाएँ मेरी यादों से जो दूर जा चुकी थीं जिन्हें मैं भूल चुका था। वह बचपन का ज़माना मेरी आँखों के सामने उभरने लगा, सिर्फ़ उभरा भर नहीं बल्कि मैंने ख़ुद को उसमें पूरी तरह डूबा पाया और गहराई से उसे अनुभव करने की हालत में चला गया, हरपल मैं पहले से छोटे से छोटा होता चला गया और एकाएक मेरे विचार धुँधले फिर अँधेरे में डूब गए। ऐसा लगा जैसे मैं एक अँधेरे गहरे कुएँ में पतले छल्ले से लटका हुआ हूँ फिर उस छल्ले से अपने को अचानक आज़ाद पाता हूँ और काँपता हुआ दूर तक चलता चला जाता हूँ मगर कहीं पहुँच नहीं पाता हूँ, वह एक अन्तहीन सीधी खड़ी चट्टान सी एक अनन्त रात थी। इसके बाद वह सारी झलकियाँ गुम हो गईं और एक के बाद एक मेरे सामने चेहरे व तसवीरें उभर रही थीं। एक सेकंड की बेसुधी में सिर्फ़ यही देख पाया। जब सुध में आया तो अपने को एक कमरे में पड़ा पाया, एक ख़ास हालत में देखा, वह मेरे लिए जगह अनजानी भी थी और स्वाभाविक भी।

इस नई दुनिया में जब मैंने आँखें खोली तो परिवेश और स्थान बेहद अपना और परिचित सा लगा। इस तरह जैसे इस ज़िन्दगी और माहौल से पहले कभी मेरा गहरा लगाव उससे रहा हो और यही मेरी असली ज़िन्दगी का आईना था, एक दुनिया अलग मगर मुझसे कितनी गहरी अपनाइयत और नज़दीकी रखती थी, जिसे देखकर यह ख़याल गुज़रा कि मैं अपने वास्तविक परिवेश में लौट आया हूँ। जो पुरानी दुनिया तो है मगर उसी के साथ बनावट से दूर सादगी से भरपूर, जहाँ मैं पैदा हुआ था।

पौ अभी फटी नहीं थी। मेरे सिरहाने चर्बी का दिया जल रहा था। कमरे के कोने में मेरा बिस्तर पड़ा था, लेकिन मैं जाग रहा था, मुझे ऐसा लग रहा था जैसे मेरा शरीर तप रहा हो और ख़ून के धब्बे मेरी अबा और गर्दन की शाल पर पड़े हैं, मेरा हाथ ख़ून से भरा हुआ था। बावजूद बुख़ार और चक्कर आने के साथ ही मुझे बेचैनी और विशेष तरह की उत्तेजना भी महसूस हो रही थी। इसका कारण ख़ून के धब्बे थे जिन्हें मैं किसी भी तरह से मिटा देना चाहता था। इससे भी तीव्र चिन्ता जो मुझे खाए जा रही थी वह यह कि किसी भी पल दरोग़ा हाज़िर हो जाएगा और मुझे रँगे हाथों पकड़ ले जाएगा। अभी से नहीं बल्कि अरसे से मैं इस चिन्ता में घुल रहा था कि जाने कब दरोग़ा के हाथ लग जाऊँ। मगर मैंने तय कर रखा था कि पकड़े जाने से पहले कारनिस पर रखी विषैली शराब का एक घूँट ज़रूर भरूँगा। यह तो लिखने का मुझ पर दबाव था जो मेरे लिए एक ज़बरदस्ती का कर्तव्य बन गया था, चाहता था कि जो राक्षस अन्दर ही अन्दर मुझ पर अत्याचार कर रहा था उसे बाहर खींच निकालूँ, चाहता था अपने दिल की परी को काग़ज़ पर उतार दूँ। बहरहाल थोड़ी-बहुत चूँ-चरा के बाद चर्बी के दिये को मैंने अपने क़रीब लाकर रखा और इस तरह लिखना आरम्भ कर दिया—

मेरा ख़याल था कि ख़ामोशी से बेहतरीन कोई दूसरी चीज़ नहीं। सदा से मैं यही सोचता आया हूँ कि नदी किनारे बगुले की तरह अपने डैने खोलकर आदमी तन्हा बैठे लेकिन अब यह मुमकिन नहीं, यह आदमी के हाथ में नहीं

है, जो नहीं घटना चाहिए था वह घट जाता है, कौन जानता है..., शायद इसी पल या फिर घंटा भर बाद पहरेदारों का एक गिरोह नशे में मस्त मुझे गिरफ़्तार करने चला आए। मुझे इस बात में ज़रा भी दिलचस्पी नहीं है कि मैं अपनी लाश का बचाव कैसे करूँ? सच तो यह कि अब इनकार की भी कोई गुंजाइश बाक़ी कहाँ बची है, सिवाय इसके, मैं इन ख़ून के धब्बों को अच्छी तरह से साफ़ कर दूँ। मगर गिरफ़्तारी से पहले एक प्याला शराब, उसी शराब की छोटी बोतल से जो मुझे विरासत में मिली थी और उस तंग कोठरी के ताकचे पर रखी हुई थी, पी लूँ।

मेरी प्रबल इच्छा है कि मैं अपनी सारी ज़िन्दगी को अंगूर के गुच्छे की तरह मुट्ठी में लेकर निचोड़ डालूँ, उसके रस को, नहीं, उसकी शराब को, क़तरा-क़तरा अपनी छाया के सूखे पड़े गले में ठीक अपनी क़ब्र के पानी की तरह टपकाऊँ। केवल, मेरी एक ही तमन्ना बाक़ी बची है कि जब मैं जाऊँ, उससे पहले अपनी पीड़ा जिसने कोढ़ या अलसर की मानिंद इस कमरे की तन्हाई में धीरे-धीरे कर मुझे खाया है, उसे काग़ज़ पर लिख जाऊँ, सिर्फ़ यही एक तरीक़ा बचा है जिसके ज़रिये मैं अपने विचार क्रमबद्ध व संगृहीत कर सकूँ। इस तरह से काम करने का मतलब कहीं वसीयतनामा लिखना तो नहीं है? नहीं, यह मुमकिन नहीं, क्योंकि न मेरे पास धन-दौलत है जो डर हो कि उसे दीवान खा जाएगा और न ही ईमान रखता हूँ कि जिसे शैतान ले उड़े तो फिर इस लम्हा मेरे पास ऐसी कौन-सी बहुमूल्य वस्तु है इस धरती पर जो मेरे लिए अहमियत रखती हो? जो ज़िन्दगी मेरी थी भी वह भी हाथ से निकल चुकी थी। उसे गुज़ारा भी और चाहा भी किसी तरह गुज़र जाए और अब जब मैं चला जाऊँगा तो उसके बाद बिना शक, कोई मेरा लिखा पढ़ना ज़रूर चाहेगा और यह भी हो सकता है कि सत्तर वर्ष अँधेरे में डूबे पन्नों को न भी पढ़ना चाहे। इतनी हड़बड़ाहट में लिखना मेरे लिए बहुत ज़रूरी हो गया है ताकि मैं अपने वक़्ती विचारों को अपनी छाया तक पहुँचाऊँ वास्तव में यह मेरी मजबूरी है। यह अशुभ छाया जो चर्बी के दिये की रौशनी के सामने दीवार पर झुकी-सी पड़ रही है इसका

मतलब साफ़ है कि मैं जो भी लिख रहा हूँ उसे वह बड़े ध्यान से पढ़ रही है और समझ भी रही है। बिना शक, यह छाया मुझसे ज़्यादा समझदार है। मैं सिर्फ़ इसीलिए अपनी छाया के साथ जी भरकर बातें करता हूँ क्योंकि वह मुझे बोलने पर मजबूर करती है सिर्फ़ वही तो है जो मुझे पहचानती है और जानती भी है...मैं चाहता हूँ रस, नहीं, शराब, मेरी ज़िन्दगी की कड़वी शराब बूँद-बूँदकर उसके सूखे हलक़ में टपकाऊँ और कहूँ, "यह है मेरी ज़िन्दगी!"

कल जिसने मुझे देखा, एक टूटे जवान के रूप में दुखी देखा लेकिन आज एक बूढ़े कुबड़े, मर्द की शक्ल में देखेंगे, जिसके बाल सफ़ेद, आँखें बेज़ार, और होंठ अधकटे! मुझे डर लगता है अपनी खिड़की से झाँकते हुए और आईने में ख़ुद को देखते हुए क्योंकि मुझे हर जगह अपनी दो शक्लें नज़र आती हैं। चूँकि मैं चाहता हूँ कि दीवार पर झुकी अपनी छाया को अपनी ज़िन्दगी का हाल कह सुनाऊँ तो फिर मुझे एक कहानी तो सुनानी पड़ेगी, ओह! कितनी ढेर सारी बातें अपने बचपन के बारे में, अपने प्रेम के बारे में, शादी और मौत के जमावड़ों के बारे में, जिसमें कुछ भी सच नहीं है, मैं अब क़िस्सागोई से थक चुका हूँ।

मैं पूरी कोशिश करूँगा इस ख़ोशे को निचोड़ने की मगर इतना कम रस क्या पूरी ज़िन्दगी का निचोड़ बन पाएगा, मैं नहीं जानता। मैं तो यह भी नहीं समझ पा रहा हूँ कि मैं हूँ कहाँ और यह एक टुकड़ा आसमान जो मेरे सिर पर है और चन्द बलिश्त ज़मीन जो मेरे पैरों के नीचे है जिसे पर मैं बैठा हूँ वह नीशापूर की या बल्ख़ की या फिर बनारस की है, मुझे किसी भी तरह, किसी बात पर इत्मीनान महसूस नहीं होता।

मैंने जीवन के उतार-चढ़ाव में, इतनी उलटी-सीधी चीज़ें देखीं और तरह-तरह की बातें सुनी हैं कि मेरी आँखों के सामने अनेक तरह के अनुभव टूटे-बिखरे पड़े हैं जिनकी नर्म और सख़्त चीख़ों की प्रतिध्वनियाँ मेरे ज़हन में, रूह की गहराई में गूँजती हैं।

अब मैं किसी बात पर यक़ीन नहीं करता हूँ। प्रमाण के साथ गुरुत्वाकर्षण जैसी खुली और मानी हुई चीज़ों पर, मैं अभी भी सन्देह करता हूँ। न ही जानता अगर मैं अपना अँगूठा पत्थर की ओखली जो आँगन के कोने में रखी है, उस पर रखकर उससे पूछूँ : क्या तुम साबुत और मज़बूत हो, उसके इक़रार करने के बावजूद, क्या ज़रूरी है कि मैं उसकी बात पर विश्वास करूँ या न करूँ?

क्या मैं एक अलग और विशिष्ट तरह का जीव हूँ? नहीं जानता; लेकिन अभी जो निगाह आईने पर डाली तो एकाएक ख़ुद को पहचान नहीं पाया, नहीं वह 'मैं' नहीं था वह तो पहले ही मर चुका है, साबित हो चुका है लेकिन हमारे बीच किसी क़िस्म का कोई मतभेद नहीं है। ज़रूरी है कि अब मैं अपनी बात शुरू करूँ मगर समझ नहीं पा रहा हूँ कि आपबीती कहना शुरू कहाँ से करूँ, दरअसल मेरी सारी ज़िन्दगी क़िस्सों और हादसों से भरी हुई है। इसका मतलब यह हुआ, मैं अंगूर के ख़ोशे को निचोड़ूँ और उस रस को चम्मच चम्मच, बूढ़े की छाया के सूखे गले में डालूँ।

आख़िर शुरू कहाँ से हो? क्योंकि सारे विचार जल्दबाज़ी में मेरे शब्दों में इस तरह उबलते हैं जैसे बिलकुल अभी की बात हो, घंटा, मिनट, तारीख़ अहम नहीं है, मुमकिन है मेरे लिए एक संयोग जो कल ही गुज़रा हो, हज़ार साल पहले गुज़रे संयोग के मुक़ाबले में बेअसर और बेहद पुराना साबित हो।

शायद वह बिन्दु जहाँ से मेरे सारे सम्बन्ध बाक़ी दुनिया से कट चुके थे, उसकी यादें मेरी आँखों के सामने से गुज़र रही हैं; अतीत, वर्तमान, भविष्य, घंटा, दिन, महीना और साल सब के सब मेरे लिए एक से हैं। बचपन और बुढ़ापे के गुज़रने की अनेक बातें विभिन्न स्तरों पर मेरे लिए खोखली गपबाज़ी के सिवा और कुछ नहीं है। लेकिन घटिहा* प्रवृत्तियों वाले लोगों के लिए, सच पूछो यही नाम उनके लिए ढूँढ़ रहा था जिनकी जीवन की हदें, मौसमों के समय की तरह तय रहती हैं। जिनकी ज़िन्दगी उत्तरी इलाक़े में गुज़रती

* घटिहा : दाँव पाकर अपना स्वार्थ साधनेवाला, व्यभिचारी, दुष्ट, लम्पट, छली, नीच।

है। लेकिन मेरी ज़िन्दगी शुरू से एक मौसम और एक सी हालत रखती है। बतौर मिसाल एक ठंडे इलाक़े में न समाप्त होनेवाले अँधेरे में गुज़री है, जबकि मेरे बदन में हमेशा एक आग सी सुलगती रहती जो मुझे शमा की तरह हर पल पिघलाती रहती है।

चहारदीवारी के बीच जो मेरे कमरे को आकार देती है और वह परिधि जो मेरी ज़िन्दगी और विचारों के चारों तरफ़ खिंची हुई थी, उनके बीच मेरी ज़िन्दगी शमा की तरह धीमे-धीमे पिघल रही थी, नहीं, मैं ग़लत कह रहा हूँ। मैं जलानेवाले लकड़ियों का एक ऐसा गीला चैला हूँ जो जलते चूल्हे से छिटककर एक किनारे लुढ़का पड़ा है जो न पूरी तरह सुलगकर कोयला बनता है और न बिना जला ही रहता है। सिर्फ़ धुआँ फेंकते दूसरों की साँसों को रोकते हुए धीमे-धीमे सुलगता है। मेरा कमरा दूसरे कमरों की तरह ईंट और गारे से बना हज़ारों घरों के खँडहरों पर खड़ा है। उसकी दीवारें सफ़ेद हैं और एक तरफ़ कतीबे की लकीर खिंची हुई, हू-ब-हू मक़बरे की शक्ल में। मेरे हालात और कमरे में मौजूद फ़िज़ा मुझे विचारों में उलझाए रखने के लिए काफ़ी है जैसे कमरे में मकड़ी के लटकते जाले जो मेरे बिस्तर पर यूँ पड़े रहने के कारण पूरी छत पर छा गए हैं। एक तरफ़ अस्तबल की कीलों द्वारा छत से लटकता पालना जो मेरा और मेरी बीवी का था लटक रहा है जो कल शायद किसी और बच्चे का वज़न उठाने के काम आ जाए। मिट्टी की दीवार में और कील के थोड़ा नीचे चूना झड़ी दीवार में कुछ चीज़ें और लोगों की जो कभी इस कमरे में रहे होंगे, उसकी बू बसी हुई है। सारी बदबुएँ कमरे में कुछ इस तरह से रची-बसी हैं कि अभी तक हवा का झोंका या कोई बदलाव नहीं आया जो इस तरह की ज़िद्दी गन्दी ठहरी बदबू को सदा के लिए अपने साथ उड़ा ले जाए : पसीने की बदबू, पुरानी नाराज़गी की बदबू, मुँह की बदबू, पैर की बदबू, पेशाब की तेज़ खराहिन्द, ख़राब हुए तेल की महक, गली-सड़ी चटाइयों की, जले आमलेट, जली प्याज़ की बदबू, जोशांदे, पनीर और बच्चे के पोतड़ों की बदबू, नए-नए बालिग़ हुए लड़के की बदबू के साथ गली से उठती भाप की बदबू और मुर्दों की तरह

मरने की अवस्था में पड़े लोगों एवं ज़िन्दा लोगों की जिन्होंने अपनी अलग सी पहचान बना रखी है उनकी बदबू। इसके अलावा न जाने और कितनी तरह की बदबुएँ हैं जिनकी सही पहचान और स्रोत का अभी पता नहीं है मगर वह अपना असर छोड़ती हैं।

मेरा कमरा जिसमें एक छोटी कोठरी पीछे की तरफ़, दो दरीचें बाहर की तरफ़, घटिहा आदमियों की तरफ़ खुलते हुए जिनमें से एक अपने आँगन में दूसरा गली की ओर जो मुझे शहर 'रे' की दिशा में ले जाता है। वह शहर जिसे दुनिया की दुल्हन का नाम दिया गया था जो हज़ारों गली दर गली और दबे-दबे से घरों के साथ मदरसे व कारवाँसरा से बसा नज़र आता है। वह शहर जो दुनिया के सबसे बड़े शहरों में कभी गिना जाता था जो ठीक मेरे कमरे के पीछे जीता और साँस लेता महसूस होता है। अपने कमरे के कोने में बैठा जब मैं आँख बन्द करता हूँ तो मेरी आँखों के सामने से महल, मस्जिदें और बाग़ गुज़रने लगते हैं जो मेरी यादों का बहुत बड़ा हिस्सा हैं।

दरअसल ये दो दरीचे मुझे बाहरी दुनिया से मिलवाते हैं जो असल में घटिहा लोगों की दुनिया है...लेकिन कमरे की दीवार पर एक आईना लटका हुआ है जिसमें मैं अपना चेहरा देखता हूँ और अपनी सीमित दुनिया, जो घटिहा लोगों की दुनिया से ज़्यादा बेहतर है और जिससे मेरा कोई लेना-देना नहीं है, मैं जीता हूँ।

शहर के सारे दृश्यों में से मेरे दरीचे के ठीक सामने एक क़स्साबी की छोटी-सी दुकान है जो रोज़ लगभग दो भेड़ों का गोश्त बेच लेता है। मैं जब भी दरीचे की तरफ़ निगाह उठाता हूँ क़स्साब की दुकान को सामने पाता हूँ। सुबह-सवेरे दो टट्टू सूखे काले कमज़ोर बुख़ार से तपते सूखी खाँसी खाँसते हुए आते हैं। खुरों में फँसी उनकी सूखी पतली टाँगें लगती हैं जैसे कि एक वहशी क़ानून के मुताबिक़ उनके पैरों को काटकर खौलते तेल में डाल दिया गया हो। उनकी पीठ के दोनों तरफ़ भेड़ों के ख़ाल उतरे शरीर का गोश्त लटकता हुआ जिसे ढो करके वे इन्हीं टाँगों से लाते दिखते हैं। क़स्साब अपने चर्बी सने हाथ को अपनी मेहँदी लगी दाढ़ी पर फेरता नज़र

आता। पहले वह ख़रीदारी की नज़रों से उन लाशों को तौलता फिर उनमें से दो को पसन्द करता और हाथ में उठा उनके वज़न का अन्दाज़ा लगाता फिर उन्हें ले जाकर दुकान में लटकते कुल्लाबों में टाँग देता। टट्टू उसी तरह हाँफते-काँपते आगे बढ़ जाते। उस समय क़स्साब, ख़ून में डूबी इन लाशों को जिनके सिर कटे हुए, ठहरी हुईं पुतलियाँ, ख़ून से तर पलकें, जो गर्दन के प्यालों से दूर पड़ी हैं, उनके ख़ाल उतरे जिस्म को प्यार से थपथपाता हुआ वह पूरे बदन पर हाथ फेरता है। फिर हड्डी वाले दस्ते के चाक़ू को उठाकर बड़ी महारत से उनके बदन के टुकड़े-टुकड़े करता है। बाद में उन बोटियों को मुस्कान के साथ ग्राहकों के हाथों बेचता है। यह सारा काम वह बहुत मगन होकर करता है। मुझे पूरा विश्वास है कि ऐसा करने में उसे एक तरह का आनन्द और तृप्ति-सी मिलती है। और वह पीले रंग का कुत्ता, जिसने हमारे मोहल्ले को अपनी मिल्कियत समझ रखा है अपनी टेढ़ी गर्दन और बेगुनाह आँखों से जिसमें हसरत के भाव भी नाचते हैं वह क़स्साब के हाथों पर नज़र रखता है। वह कुत्ता भी यह बात समझ चुका है कि क़स्साब को अपने पेशे में बड़ा लुत्फ़ आता है।

कुछ दूरी पर मेहराब के नीचे एक विचित्र-सा बूढ़ा आदमी बैठा है जिसके सामने फैली बिसात पर दो हँसिया, जंग लगा चिमटा, सँड़सी, दो नाल, कई रंग के मोहरे, एक ख़ंजर, एक चूहेदानी, रौशनाई की टिकिया, एक कंघा जिसके दाने टूटे हुए, एक बेलचा, एक क़लई चढ़ा गुलदान जिस पर एक गन्दा रूमाल पड़ा हुआ। घंटों, महीनों, हर रोज़ मैं दरीचे के पीछे से उसे देखता रहता हूँ। जो एक गन्दी शशतरी* शाल गले में लपेटे। अबा का गरेबान खुला हुआ जिसमें से सफ़ेद बालों का गुच्छा बाहर झाँकता सा, पलकें झड़ी आँखों से ढिठाई और बेहयाई उबलती हुईं, बाज़ू पर जादुई तावीज़ बाँधे एक सी मुद्रा में बैठा रहता। सिर्फ़ जुमे की रात टूटे और बचे पीले दाँतों के साथ क़ुरआन पढ़ता जैसे कि इसी रास्ते से वह अपनी रोटी कमाता हो। क्योंकि मैंने आज तक किसी को उसकी बिसाती की दुकान से कुछ ख़रीदते

* शहर शूश की बनी शाल

नहीं देखा था। मैंने जो भी बुरे-बुरे सपने आज तक देखे थे, उसमें इस तरह की शक्ल वाला आदमी ज़रूर रहता था। माजूफल* के आकार का उसका घुटा सिर जिसके चारों तरफ़ इमामा शीर शक्कर** बाँधा हुआ उसकी तंग पेशानी के पीछे न जाने कौन से फ़क़ीराना और अहमक़ाना ख़यालात बेकार की घास की तरह उगे हुए थे? जैसे कि उस बूढ़े के सामने फैली दुकान उस पर सजा ख़ेंज़रपेंज़री (बेकार की चीज़ें) सामान उसकी ख़ुद की ज़िन्दगी से एक विशेष तरह का रिश्ता रखते थे। कई बार मैंने सोचा कि उसके पास जाऊँ और उसकी बिसाती की दुकान से कुछ ख़रीदूँ लेकिन हिम्मत नहीं पड़ी।

दाई ने मुझे बताया था कि यह आदमी अपनी जवानी में कुम्हारी करता था। यही एक बर्तन उसने यादगार के तौर पर अपने लिए बचाकर रखा है। फ़िलहाल फुटकर चीज़ों को बेचकर अब वह अपना गुज़ारा करता है।

* गोल सर के आकार का ईरानी फल

** सफ़ेद पीली धारी या बिन्दी वाला कपड़ा

6

बाहर की दुनिया से मेरा सम्बन्ध बस इतना ही था। अन्दर की दुनिया मेरी केवल ननजून और बदचलन बीवी तक सीमित थी लेकिन ननजून उसकी भी दाई है बल्कि हम दोनों की दाई है। क्योंकि न सिर्फ़ मैं और मेरी पत्नी आपस में रिश्तेदार थे बल्कि ननजून आया ने हम दोनों को अपना दूध भी पिलाया था। दरअसल मेरी फूफी उसकी माँ के साथ ही साथ वह मेरी माँ भी थी। हक़ीक़त तो यह थी कि मैंने अपने माँ-बाप को कभी देखा ही नहीं था। उसकी माँ लम्बे क़द की औरत, जिनके बाल सुरमई रंग के थे। उन्होंने मुझे अपनी औलाद समझकर, पाल-पोस कर बड़ा किया था। सच भी यह था कि मैं पत्नी की माँ को अपनी माँ की तरह प्यार करता और यही एक कारण था कि मैंने उनकी बेटी से शादी की थी।

अपने माँ-बाप से कई तरह की कहानियाँ सुनी थीं। उनमें से सिर्फ़ एक कहानी जो मैंने ननजून के मुँह से सुनी थी, उसके बारे में अक्सर सोचा करता हूँ शायद वही सच हो। ननजून ने मुझे सुनाया था कि मेरे पिता और मेरे चचा, आपस में जुड़वाँ भाई थे। वह देखने-सुनने में बिलकुल एक से लगते थे। उनका स्वभाव भी मिलता-जुलता था यहाँ तक कि उनकी आवाज़ों में भी कोई फ़र्क़ न था। बहुत मुश्किल था उन्हें पहचानना कि कौन, कौन है। उनके बीच में गहरा रूहानी और हमदर्दी भरा सम्बन्ध था। यहाँ तक कि अगर एक दुखी है तो दूसरा भी दुखी हो जाता, लोगों का कहना था जैसे

एक सेब के दो टुकड़े हों। बहरहाल बड़े होकर दोनों ने अपने लिए व्यापार का पेशा पसन्द किया और बीस साल की उम्र में दोनों भाई हिन्दुस्तान की तरफ़ निकल गए। वह शहर रे से सामान ले जाते जैसे तरह-तरह के कपड़े, 'मुनीरा' फूलदार कपड़ा, सूती कपड़ा, लम्बे जब्बे, शाल, सूइयाँ, मिट्टी से बने बर्तन, और जिल्दे क़लमदान वग़ैरह। इस सारे सामान को ले जाकर हिन्दुतान में बेचते। मेरे पिता बनारस में रहते और चचा को तिजारती काम के लिए दूसरे शहरों में भेजते रहते। कुछ समय बाद मेरे पिता एक कुँवारी लड़की बोगाम दासी जो लिंगम (शिवलिंग) मन्दिर में नर्तकी थी। जिसका काम शिवलिंग के आगे धार्मिक नृत्य करना और मन्दिर की सेवा थी। उस पर आशिक़ हो गए। वह लड़की गर्म ख़ून की ज़ैतूनी रंगत वाली थी जिसके सीने नीबू, के आकार वाले, आँखें तिरछी और बड़ी-बड़ी थीं। भवें बारीक़ और आपस में जुड़ी हुई थीं जिसके बीच में वह बिन्दी लगाती थी।

अब मैं कभी-कभी कल्पना में डूबता-उतरता हूँ कि वह बोगाम दासी (देवदासी) यानी कि मेरी माँ जो ज़रदोज़ी के काम की रंगीन रेशमी साड़ी में लिपटी, सीना खुला, दीबा का सिरबन्द लगाए जिसमें गूँथे उनके अनादिकाल की रातों की तरह लम्बे काले बाल जो उनकी पीठ पर लम्बी चोटी के रूप में दिखते थे। हाथ की कलाइयों में चूड़ियाँ, पैरों में पाज़ेब, नाक में सोने की नथ। आँखें तिरछी काली ख़ुमार आलूदा, साफ़ चमकते दाँत और नज़ाकत भरे सन्तुलन के साथ सारंगी, वीणा, ढोलक, तुरही और झाँझ-मजीरा की ध्वनि-लय की सुसंगत पर नाचती। उसी के साथ एक-सा मधुर गीत नंगे बदन पर सिर्फ़ धोती लपेटे मर्द साथ-साथ गाते, जिसमें गहरे अर्थ छुपे होते देवमालाओं के सारे रहस्य, सूक्ष्मता, रसिकता और हिन्दुस्तानियों के दुख-दर्द संक्षिप्त हो उन अदाओं में इस तरह घुल-मिल जाते कि बोगाम दासी किसी कली की तरह खिलती महसूस होती थी। अपने कन्धों और हाथों को नचाते हुए कभी झुकती, कभी उठती अपनी मुद्राओं से बिना ज़बान हिलाए बहुत कुछ कहती नज़र आती। पता नहीं मेरे पिता पर इन सारी बातों का क्या असर हुआ हो, ख़ासकर अधपके अंगूरों के बखटेपन का और मिर्चों

के स्वाद के साथ मोगरा के फूलों और संदल के तेल की भीनी मिली-जुली सुगंध जो इन दृश्यों में छुपी रसिकता के अर्थ खोलती हो। वे सारे दरख़्त और जड़ी-बूटियाँ जो हमारे हाथों की पहुँच से कोसों दूर हैं। उनके वजूद से निकला बूदार तरल पदार्थ बड़ी संवेदना और ख़ामोशी से ज़िन्दगी देता है। पैकेट में बन्द दवा जो प्रसव कक्ष में अन्य ख़ुशबूदार दवाओं के साथ रखी जाती हैं, वह हिन्दुस्तान से आती हैं। वह तेल जो एक अजनबी-अनजान देश से आता है जो प्राचीनकाल से अर्थपूर्ण शिष्टाचार और रीति-रिवाजों का मालिक है उसकी यह गंध हमारे यहाँ के जोशांदे से कितनी मिलती-जुलती है। यह सारी बातें मुझे अपने पिता की हत्या की याद दिलाती हैं। वही पिता जो उस बोगाम दासी (देवदासी) पर इस हद तक मर मिटे थे कि उस नर्तकी के धर्म, उस शिवलिंगम् के पूरी तरह गिरवीदा हो चुके थे। उनकी यह दीवानगी जारी रही जब वह लड़की गर्भवती हुई तो उसे मन्दिर की सेवा से अलग कर दिया गया।

मैं अभी पैदा हुआ था कि मेरे चचा अपना दौरा पूरा कर बनारस लौटे। चूँकि उनका सौन्दर्यबोध ठीक मेरे पिता के समान ही था सो एक दिल नहीं हज़ार दिल से वह मेरी माँ पर फ़िदा हो उठे। आख़िर में हुआ यह कि वह उसे धोखा देने में कामयाब हो गए क्योंकि ऊपरी तौर से और रूहानी स्तर पर चचा मेरे पिता की ही तरह लगते थे। बात खुलनी थी खुलकर रही। उन दोनों को मेरी माँ छोड़ने को तैयार हो गई लेकिन उन्होंने एक शर्त सामने रखी कि पिता और चचा नाग की परीक्षा से गुज़रें और उन दोनों में जो बच निकला माँ उससे सम्बन्ध रखेगी।

परीक्षा में यह तय हुआ कि पिता और चचा एक अँधेरे तहख़ाने में एक नाग के साथ रहेंगे। उन दोनों में से जिस किसी को साँप डसेगा वह तो चिल्लाने पर मजबूर होगा ही तब सपेरा कमरे का दरवाज़ा खोलेगा और दूसरे को बाहर निकालेगा और बोगाम दासी उससे सम्बन्ध बहाल कर लेगी।

इससे पहले कि उन्हें अँधेरे तहख़ाने में बन्द किया जाता मेरे पिता ने मेरी माँ से इच्छा प्रकट की, एक बार वह उसके सामने नाचे, वही नाच

पवित्र मन्दिर वाला दिखाए। उनकी इस इच्छा को माँ ने स्वीकार कर लिया और मशाल की रौशनी में सपेरे की बीन पर कुछ ऐसी मुद्राओं और अदाओं में अर्थपूर्ण ढंग से नाची जैसे नाग झूमता-सा अपने में पेच ताव खाता हुआ कुंडली मार रहा हो। इसके बाद मेरे पिता और चचा को नाग के साथ एक अँधेरे भूतल में बन्द कर दिया गया। कुछ पल बाद ही उत्तेजना भरी चीत्कार की जगह, एक रुदन बीभत्स अट्टहास के साथ सुनाई पड़ा, एक पागलों जैसी चीख़, उसी के साथ दरवाज़ा खोला गया तो अन्दर से चचा को बाहर निकलते देखा गया। लेकिन उनकी सूरत बूढ़ी और निढाल और सिर के बाल डर और परेशानी की अधिकता से बर्फ़ की तरह सफ़ेद हो गए थे। नाग की क्रोधित फुंकार, गोल-गोल आँखें जिसमें से चिनगारी निकलती हुई और ज़हरीले दाँत के साथ वह आराम से बदन को सीधा व फ़न इस तरह काढ़े था जैसे चम्मच की आकृति में आ गया हो। चचा के कमरे से निकलते ही शर्त के अनुसार फ़ैसला मेरे चचा के हक़ में हो गया। एक वहशतनाक बात यह थी कि पता नहीं चल पाया परीक्षा के बाद जो ज़िन्दा बचा था वह मेरे चचा थे या मेरे पिता थे।

इस परीक्षा का नतीजा यह निकला कि उनको गहरा दिमाग़ी झटका लगा और वह अपनी पहली ज़िन्दगी पूरी तरह भुला बैठे यहाँ तक कि वह अपने बच्चे तक को नहीं पहचानते थे। इस तरह सोचा जा सकता है कि वह चचा ही थे। क्या यह सारा अफ़साना मेरी ज़िन्दगी से सम्बन्धित नहीं है, वह बीभत्स अट्टहास और ऐसी ख़तरनाक परीक्षा ने मेरी ज़िन्दगी पर कोई असर नहीं छोड़ा होगा, क्या ये सारी बातें मुझसे जुड़ी हुई नहीं मानी जाएँगी?

इसके बाद से मैं सिर्फ़ एक रोटी खानेवाले से ज़्यादा कुछ और नहीं रह गया था। इस घटना के बाद चचा या पिता अपने व्यापार सम्बन्धित काम के सिलसिले से मेरी माँ और मुझे लेकर शहर 'रे' वापस लौटे और मुझे अपनी बहन जो मेरी फूफी थी उन्हें सौंप दिया।

दाई बताती है, माँ ने मुझसे विदा लेते हुए एक लाल रंग की शराब की छोटी बोतल जिसमें नाग का ज़हर मिला हुआ था उसे मेरे लिए फूफी को

दी। एक बोगाम दासी (देवदासी) इससे बेहतर कौन सी चीज़ यादगार के तौर पर अपनी औलाद के लिए छोड़ सकती थी? वह लाल शराब जो एक आरामदेह मौत के लिए अकसीर साबित हो सकती थी; शायद उसने अपनी ज़िन्दगी को भी अंगूर के गुच्छे की तरह निचोड़ा था और शराब के रूप में मुझे बख़्शा हो; वही ज़हर जिसने मेरे बाप को मारा था। अब मेरी समझ में आ रहा है कि उसने कितना बहुमूल्य उपहार मुझे दिया है!

क्या पता मेरी माँ ज़िन्दा हो। शायद वह इस समय यहाँ से दूर हिन्दुस्तान के किसी शहर के किसी मैदान में मशाल की रौशनी के सामने एक साँप की तरह बलखाती नाच रही हो, कुछ इस तरह जैसे साँप ने उसे काट खाया हो और औरत व बच्चे और उत्सुक अधनंगे बदन के दर्शक उसको घेरे हुए हों। जबकि मेरे चचा या फिर पिता सफ़ेद बालों के साथ कूबड़ निकाले मैदान के किनारे बैठे उसे देख रहे हों और अँधेरे तहख़ाने में ग़ुस्से से भरे डोलते नाग की फुंकारों की याद में जो अपना फन काढ़कर बैठा था जिसकी आँखें बिजली की तरह चमक रही थीं और गर्दन करछुल की तरह उठी थी। लकीरें जो ऐनक की शक्ल में गहरे धूसर रंग की थीं। वह उसकी गर्दन के पीछे नज़र आ रही थीं।

जो भी हो मैं दुधमुँहा बच्चा था जिसे इसी दाई ननजून की गोद में डाल दिया गया। मेरी फूफी की बेटी और मुझे उन्होंने दूध पिलाया था। उन्हीं की गोद में बचपन गुज़ारा और मैंने उसी फूफी जिनका क़द लम्बा और बाल अधपके, सुरमई रंग के थे। उसी घर में मैंने अपना लड़कपन उनकी बेटी इसी रंडी के साथ गुज़ारा और बड़ा हुआ।

जब मैं समझदार हुआ तो माँ के रूप में उन्हीं को देखा और माँ की तरह उन्हें चाहा। चूँकि उनकी बेटी उन्हीं के रूप-रंग वाली थी इसलिए मैं अपनी उसी हमशीर बहन से शादी करने के लिए राज़ी हो गया।

सच तो यह है, मैं मजबूर था उससे शादी करने के लिए। सिर्फ़ एक बार इस लड़की ने मेरे आगे समर्पण किया वह भी अपनी माँ के सिरहाने जिसे मैं उम्र भर नहीं भूल सकता हूँ, वह भी अपनी मरी हुई माँ के सिरहाने।

काफ़ी रात गुज़र चुकी थी। मैं आख़िरी बार उन्हें अलविदा कहने की ग़र्ज़ से इस समय इसलिए गया था कि वह वहाँ अकेली होगी सारे घर वाले जा चुके होंगे। मैंने उस समय सिर्फ़ पायजामा के अन्दर वाला जाँघिया और ऊपर बनियान पहन रखी थी। बिस्तर से सीधा उठकर मैं उस कमरे की तरफ़ बढ़ा जहाँ उनका मुर्दा जिस्म रखा था। उनके सिरहाने दो काफ़ूरी मोमबत्तियाँ जल रही थीं। एक क़ुरआन शरीफ़ उनके पेट पर रखा हुआ था ताकि उनके शरीर में शैतान का प्रवेश न हो सके। उनके चेहरे पर पड़ा कपड़ा हटाया और अपनी फूफी को जिनका शानदार, दिलकश चेहरा मैंने देखा तो लगा दुनिया की सारी दिलचस्पियाँ उनके चेहरे से मिट सी गई हैं। दिल किया कि झुककर उनके सामने कारनिश बजा लूँ, तभी अचानक मेरी आँखों के सामने यह भेद खुला कि मौत एक सहज प्रक्रिया का नाम है और मामूली घटना के रूप में इसे लेना चाहिए। उनके चेहरे पर उपहास भरी मुस्कान जो उनके होंठों पर जमी देखी। दिल चाहा आगे बढ़कर उनके हाथ चूम लूँ और कमरे से बाहर चला जाऊँ, लेकिन जैसे ही मैंने अपना चेहरा घुमाया कि आश्चर्यचकित रह गया। देखा वही रंडी जो अब मेरी पत्नी है कमरे में दाख़िल हुई और मुर्दा पड़ी माँ के सामने बड़ी गर्मजोशी के साथ मुझसे लिपट गई और अपनी तरफ़ खींचकर ऐसे गीले चुम्बनों की बौछार मुझ पर कर दी कि मैं हक्का-बक्का रह गया, शर्म से ज़मीन में गड़ा जा रहा था। मेरी समझ में नहीं आ रहा था अब क्या करूँ? मुर्दा अपने रेख जमे दाँतों के साथ जैसे हमारा मज़ाक़ उड़ा रहा हो। एकदम से ऐसा महसूस हुआ जैसे आराम भरी वह मुस्कुराहट मुर्दे के चेहरे पर अचानक बदल चुकी है। मैंने एकाएक घबराहट में उसे अपने आग़ोश में कसा और उसका चुम्बन लिया। लेकिन उसी समय मुजाविर के कमरे का पर्दा हटा और फूफी का शौहर, इस बदचलन का बाप पीठ झुकाए और गर्दन में शाल लपेटे कमरे में दाख़िल हुआ।

ऐसी सूखी घिनौनी हँसी हँसा जिसे सुनकर आदमी के बदन के रोंगटे खड़े हो जाएँ। उसके कन्धे क़हक़हे के झटकों से बुरी तरह हिल रहे थे। मगर उसने हमारी तरफ़ नहीं देखा। मैं शर्म के मारे चाहता था ज़मीन फट

जाए और मैं उसमें समा जाऊँ, अगर ऐसा कर सकता तो मुर्दे के चेहरे पर ज़रूर चाँटा जड़ता कि क्यों वह हमारी ओर व्यंग्य और उपहास भरी नज़रों से घूर रहा है, यह कैसी बेशर्मी है? घबराया-सा मैं कमरे के बाहर भागा, सिर्फ़ इसी रंडी के चलते, शायद इस तरह की स्थिति जानबूझकर बनाई गई थी ताकि मैं इस बदचलन से मजबूर होकर शादी कर लूँ।

इसके बावजूद कि हम दूध शरीक भाई-बहन थे। उनकी बदनामी न हो, मजबूर था उसको अपनी पत्नी बनाने के लिए जबकि वह लड़की कुँवारी अछूती नहीं थी। इसका मतलब भी मैं नहीं जानता था। मैं जान भी नहीं सकता था। यह बात तो मुझ तक पहुँचाई गई थी। उस शादी की रात जब हम अकेले रह गए। मैंने जाने कितनी ख़ुशामदें और ख़्वाहिशों का इज़हार किया मगर उसने एक नहीं सुनी और किसी तरह कपड़े उतारने पर राज़ी नहीं हुई। कहने लगी, 'पाक नहीं हूँ' इस तरह से उसने मुझे अपने को छूने नहीं दिया, चिराग़ बुझाकर दूसरी तरफ़ के कमरे में जाकर सो गई। अलबत्ता वह बेदे मजनूँ वृक्ष की कमज़ोर शाख़ की तरह काँप रही थी जैसे कि उसे अन्धे कुएँ में अज़दहे के साथ फेंक दिया गया हो। किसी को यक़ीन नहीं आएगा, यह यक़ीन करने की बात भी नहीं है कि उसने एक बोसा तक मुझे अपने होंठों का नहीं लेने दिया। दूसरी रात को भी मैं पहली वाली जगह पर गया और आकर ज़मीन पर सो गया, कौन इस बात पर यक़ीन करेगा? दो महीनों, नहीं, दो महीना चार दिन तक उससे दूर ज़मीन पर सोता रहा मगर उसके पास जाने की हिम्मत नहीं जुटा पाया।

उसने पहले से ही उस रूमाल को तैयार कर लिया था जिस पर ख़ूने कबूतर मल रखा था या फिर वही रूमाल होगा जो पहली बार उसने किसी अन्य के साथ शारीरिक सम्बन्ध बनाने के बाद यादगार के तौर पर सँभालकर रख छोड़ा हो, मेरा मज़ाक़ पहले से भी ज़्यादा उड़ाने के लिए। सब उस वक़्त मुझे मुबारकबाद दे रहे थे एक-दूसरे को आँख मार रहे थे और ज़रूर अपने दिल ही दिल में कह रहे होंगे "यारू ने कल रात क़िला

जीत लिया।" लेकिन मैं अपने चेहरे पर मुबारकबाद जैसा कोई भाव नहीं लाया। मेरे ऊपर हँस रहे थे। बेशक यह सब मेरी मूर्खता पर हँस रहे थे। मैंने ख़ुद से शर्त बद रखी थी कि एक दिन मैं यह सब कुछ लिखूँगा ज़रूर!

इसके बाद मुझे यह भेद समझ में आ गया कि वह मिलनसार थी। सभी तरह के दुराचारियों से उसका सम्बन्ध था शायद इसी कारण के चलते, मुल्ला ने कुछ वाक्य अरबी भाषा में पढ़े और उसे मेरे निकाह में दे दिया था। उसे मैं पसन्द नहीं था शायद वह आज़ाद रहना चाहती हो। एक रात मैंने मन ही मन ठान लिया कि मैं उसके साथ ज़ोर-ज़बरदस्ती करके रहूँगा। अपने इस संकल्प को मैंने व्यावहारिक रूप दे डाला मगर वह लम्बी कशमकश के बाद खड़ी हुई और बिस्तर से उठकर भाग गई और मैं केवल इस बात से सन्तुष्ट था कि उसके बिस्तर में, जिसमें उसके गर्म बदन की हरारत की हल्की-सी महक बसी हुई थी जो उसी की उपस्थिति का अहसास दिला रही थी, मैं करवट पर करवटें बदलता रहा, आख़िर सो गया। यही एक रात थी जब मैं सुख की गहरी नींद सोया था। इसके बाद उसने अपना कमरा मेरे कमरे से अलग कर लिया।

रात को जब मैं घर लौटा तब तक वह लौटी नहीं थी, मैं जानना भी नहीं चाहता था कि वह वापस आई है या नहीं, क्योंकि मैं तन्हाई का क़ैदी था मुझे मौत की सज़ा सुनाई जा चुकी थी। अब मैं चाहता था कि उन सारे पापियों से जाकर मिलूँ, मेरी इस बात पर भी कोई यक़ीन नहीं करेगा। किसी के बारे में सुनता कि वह उसे पसन्द करती है। मैं उन्हें खोजता उन सबका पीछा करता था। अन्त में ज़िल्लत और शर्मिंदगी को ताक़ पर रख रुसवाई का भय हज़ारों बार महसूस करने के बाद भी मैंने मन बना लिया कि उन आदमियों से जाकर सीधा मिलूँगा। पहुँचा, जाकर उनसे चापलूसाना बातें करता, उनको फुसलाता फटकारता फिर किसी तरह उनको समझा-मनाकर साथ ले आता, वह भी कैसे-कैसे हरामकार : ख्वाँचा लगानेवाले सिराबी फ़रोश, धार्मिक मामलों के ज्ञाता, कलेजी भूननेवाले पुलिस हेडक्वार्टर के हेड, मुफ़्ती, सौदागर, दार्शनिक उनकी पदवी और उपाधि में ज़रूर फ़र्क़ था

मगर वे सब एक थैली के चट्टे-बट्टे थे। मुझ पर इन सबको महत्त्व देती थी! कैसे-कैसे अपमान और दुत्कार को झेलकर मैंने अपने को छोटा और बेचारा बना लिया था। जानता हूँ कोई इन बातों पर विश्वास नहीं करेगा। मैं डरा हुआ था कि कहीं मेरी बीवी भाग न जाए। मैं चाहता था कि पत्नी के साथ हरामकारी करनेवालों के तौर-तरीक़े, बरताव, रफ़्तार, दिल को मुट्ठी में करने की अदाएँ सीख लूँ। लेकिन मैं एक नाकाम बदक़िस्मत दलाल था जो सारे अहमक़ मेरे पीठ पीछे मुझ पर हँसते थे, वास्तव में यह कैसे मुमकिन था कि मैं उन घटिहाओं के व्यवहार और रफ़्तार में ढल जाता? मैं अभी भी समझता हूँ कि वह इन सबको पसन्द करती थी क्योंकि यह सब बेहया, बेवक़ूफ़ और बदबूदार थे। उनका इश्क़ असलियत में गन्दगी और मौत से जुड़ा हुआ था। क्या वाक़ई मैं उसके प्रति आकर्षित था, उसके साथ सोना चाहता था। क्या उसने अपनी शक्ल-सूरत की ऊपरी ख़ूबसूरती के कारण अपना दीवाना बना रखा या फिर मेरे प्रति उसकी नफ़रत या फिर उसकी बेजा हरकतें थीं या फिर उसकी माँ के प्रति मेरा गहरा लगाव और प्यार जो बचपन से मेरे अन्दर गहरी जड़ें जमा चुका था या फिर यह सारी भावनाएँ एक-दूसरे में गड्डमड्ड थीं? नहीं, नहीं, मैं नहीं जानता केवल एक चीज़ जानता हूँ : यह औरत, यह रंडी, इस जादूगरनी ने पता नहीं मेरी आत्मा में ऐसा कौन-सा विष भर दिया है जो मुझे उसे प्यार करने के लिए प्रेरित करता है बल्कि मेरे शरीर की सारी इन्द्रियाँ उसके बदन को अपने लिए ज़रूरी समझती थीं! वे सब पुकार-पुकार कर कहती थीं। मेरी दिली इच्छा थी कि मैं उसे ऐसे गुप्त, नामालूम द्वीप में, जहाँ न आदम हो न आदमज़ाद उसके साथ रहूँ। मेरी आरज़ू थी कि भूकंप, तूफ़ान आए या आसमान फट पड़े ताकि वे सारे घटिहा जो मेरे कमरे के बाहर साँस ले रहे हैं, दौड़-भाग और मस्ती कर रहे हैं, सबके सब एकबारगी तबाह और बर्बाद हो जाएँ और सिर्फ़ मैं और वह रह जाएँ।

वह, इस वक़्त भी क्या दूसरे जानवरों, एक हिन्दुस्तानी साँप या एक अज़दहे को मुझसे ज़्यादा महत्त्व न देती? मेरी तमन्ना थी कि एक रात उसके

साथ गुज़ारूँ और उसी रात हम एक-दूसरे की आग़ोश में दम तोड़ दें। मेरी नज़र में यह सबसे बढ़िया विकल्प मेरी ज़िन्दगी का था।

ऐसा लगता था जैसे यह रंडी मुझे पीड़ित देखकर आनन्द-विभोर हो जाती है जैसे कि जो दर्द मुझे घुला रहा है वह काफ़ी नहीं था! इन बातों का नतीजा यह निकला कि मेरा काम छूट गया, कहीं आना-जाना बन्द हो गया और मैं घर में नज़रबन्द होकर रह गया, ठीक एक हिलते-डुलते मुर्दे की तरह! कोई भी हमारे बीच के भेद को नहीं जानता था। मेरी बूढ़ी दाई मुझे धीरे-धीरे मौत के क़रीब जाता देख रही थी। मुझे बुरा-भला कहती सिर्फ़ इस रंडी की ख़ातिर, मेरे पीठ पीछे मेरे चारों तरफ़ कानाफूसी चलती, सब एक-दूसरे से कहते, "यह औरत बेचारी कैसे इस शौहर को सहन करती है?" अपनी जगह ठीक थे क्योंकि मैंने जिस तरह के अपमान सहे, वह यक़ीन के क़ाबिल नहीं थे।

दिन ब दिन मैं सूखता चला जा रहा था। आईने में अपना चेहरा देखता, गाल लाल ठीक क़स्साबी की दुकान के सामने लटके भेड़ के गोश्त की तरह, बदन हरारत से तपता और आँखें ख़ुमार से भारी-भारी जिनमें ग़म की कैफ़ियत होती।

अपनी इस नई हालत से मैं ख़ुश होता। मैंने अपनी आँखों में मौत की छाया मँडराती देखी थी कि मैं अब जानेवाला हूँ।

अन्त में उन्हें हकीम बाशी को बुलाना पड़ा। घटिहाओं के हकीम! मेरे ख़ानदानी हकीम, बक़ौल ख़ुद उनके, जिन्होंने मुझे बड़ा किया था। सिर पर मुलायम सफ़ेद मायल पीले कपड़े 'शीर शकरी' का इमामा बाँधे, तीन मुट्ठी लम्बी घनी दाढ़ी के साथ कमरे में दाख़िल हुए। उन्हें इस बात पर बड़ा फ़ख़्र था कि उन्होंने मेरे दादा को मर्दानगी की दवा 'बाह' दी थी, बचपन में खाके शीर और जड़ी-बूटी का रस मेरे गले में टपकाया है। और फलूस को मेरी फूफी की कमर में बाँधा है। इस बार आकर वह मेरी पलंग के सिरहाने बैठ गए। मेरी कलाई की नब्ज़ पर हाथ रखा, मेरी ज़बान देखी

और कहा कि गधी का दूध और माँशीर मैं खाऊँ। रोज़ाना दो बार कुन्दर व ज़रनीख़ का धुआँ लूँ, बाद में जो नुस्ख़ा लिखा वह लम्बा-चौड़ा, जिसे दाई को दे दिया जैसे जोशांदा और विचित्र क़िस्म के विभिन्न तेल जिनका नाम पुरज़ोफ़ा, जैतून, रुबसास काफ़ूर, परयावशान, बबूने, कलहंस की चर्बी का तेल, फिर अलसी का बीज, चीड़ का बीज, कुछ इसी तरह की बेतुकी और अल्लम-ग़ल्लम दूसरी चीज़ें भी। इस तरह मेरा इलाज शुरू हो गया।

मेरी हालत पहले से बदतर हो गई। फ़क़त मेरी दाई जो उसकी भी आया थीं अपने अधपक्के बालों और बूढ़े चेहरे के साथ कमरे के कोने में, मेरे सिरहाने बैठी, मेरे माथे पर ठंडे पानी की पट्टियाँ रखती या फिर मेरे पीने के लिए जोशांदा लाती रहतीं। बीच-बीच में वह मेरे और उस रंडी के बचपन की बातें भी बताती जाती थीं। जैसे उन्होंने मुझे बताया कि मेरी पत्नी पालने में लेटी हमेशा अपने बाएँ हाथ की उँगली को चूसती रहती और इस हद तक चूस लेती कि वहाँ घाव हो जाता, कभी मेरे लिए कहानी सुनाने बैठ जातीं। मुझे ऐसा लगता जैसे बचपन के ये क़िस्से मुझे पीछे ले जाते और मेरे अन्दर मासूमियत भर देते थे। ये सारी यादें उस दौर की हैं जब मैं और मेरी पत्नी एक ही पालने में एक-दूसरे के नज़दीक सोये रहते थे। वह दो बच्चों का बड़ा पालना था मुझे अच्छी तरह याद है। ये क़िस्से जो वह सुनाती हैं उस पर मुझे पहले विश्वास नहीं आता था, अब मेरे लिए ये बातें सहज और मामूली थीं।

चूँकि बीमारी ने, मेरे अन्दर एक नई तरह की हालत पैदा कर दी थी, एक अनजानी कैफ़ियत धुँधली और तस्वीरों व रंगों व लगाव से भरी हुई जो सेहतमन्द होने पर, मुझे कभी महसूस न होती और न ही मैं कल्पना कर पाता, न ही परस्पर विरोधी लोक कथाओं के सुनने से जो आनन्द और उत्तेजना-सी मेरे अन्दर दौड़ती, उसे शब्दों में बयान नहीं कर सकता। ऐसा महसूस हो रहा था कि मैं बच्चा बन गया हूँ, अभी मैं लिखने में डूबा हुआ हूँ, अभी इस लम्हे की सारी अनुभूतियों को इस लेखन में शामिल करना चाहूँगा जो कल की नहीं हो सकतीं।

ऐसा लगता है जैसे हमारी गति, विचार इच्छाएँ और आदतें हमारे पुरखों की इन्हीं कहावतों द्वारा आनेवाली पीढ़ी तक पहुँचती हैं जो ज़िन्दगी की अहम ज़रूरतों में से हैं। हज़ारों वर्षों से यही बातें दोहराई जा रही हैं। उन सबको जमा करते चले आ रहे हैं, इसी तरह की बचकानी व्यस्तता में डूब रहे हैं, क्या शुरू से अन्त तक ज़िन्दगी, हँसी से भरा, मज़ाक़िया क़िस्सा नहीं है? एक न यक़ीन करनेवाली मूर्खतापूर्ण कहावत? क्या मैं अपना फ़साना और कहानी नहीं लिख रहा हूँ? क़िस्सा-कहानी कहना केवल नाकाम तमन्नाओं से भागना भर है। वे ख़्वाहिशें जो पूरी नहीं हुईं। इच्छाएँ जो कि कहावतों, लोककथाओं और क़िस्सों में हम बयान करते हैं वे हमारी सीमित रूहानी हद और अपनी विरासत का फल है।

काश! मैं उस ज़माने की तरह जब मासूम बच्चा था। बड़े आराम की नींद में डूब जाऊँ बिना किसी परेशानी के? जब जागा। मेरे गाल लाल हो रहे थे क़स्साब की दुकान पर लटके गोश्त की तरह। बदन तप रहा था और खाँस भी रहा था। कैसी गहरी भयानक खाँसी! खाँसी का पता नहीं चल पा रहा था कि किस लापता गड्ढे से निकल रही थी ठीक उन टट्टुओं जैसी जो भोर में क़स्साब के लिए भेड़ों के चर्बी वाले गोश्त लेकर आते हैं।

मुझे अच्छी तरह से याद है कि अभी अँधेरा था, चन्द पल मैं बेसुध सा पड़ा था। इससे पहले कि मुझे नींद आए मैं ख़ुद से बातें कर रहा था; उस समय मुझे अनुभूति सी हुई कि मैं सचमुच बच्चा हो गया था और पालने में सो रहा था, कोई मेरे पास खड़ा था। घर के लोग तो बहुत पहले सो चुके थे। सुबह की नमाज़ का समय था। बीमार लोग जानते हैं कि यह वह वक़्त है जब ज़िन्दगी दुनिया की सरहद से बाहर की तरफ़ खिंची जाती है। मेरा दिल तेज़ी से धड़कने लगा लेकिन मुझे डर नहीं लगा। मेरी आँखें खुली हुई थीं लेकिन किसी को देख नहीं पा रही थीं। क्योंकि अँधेरा काफ़ी घना था। कुछ लम्हे गुज़रे, एक ख़याल बेकार सा आया, ख़ुद से कहने लगा, "शायद वह है।" उसी पल मुझे अनुभूति सी हुई कि किसी ने अपना ठंडा हाथ मेरे जलते माथे पर रखा हो।

मैं अन्दर से काँप कर रहा गया। दो-तीन बार अपने आपसे पूछा, "क्या यह यमदूत का हाथ नहीं था?" फिर नींद में डूब गया। सुबह सोकर उठा तो दाई ने बताया, मेरी बेटी, उसका इशारा मेरी पत्नी, उस रंडी की तरफ़ था और अपनी गोद में मेरा सिर और तकिया रखकर उसे हल्के-हल्के बच्चे की तरह हिला रही थी, जैसे कि उसके अन्दर ममता भरी सेवा भाव उभर आया हो। काश! मैं उसी वक़्त मर गया होता, शायद वह बच्चा जो उसके पेट में था, मर गया, या उसके बच्चे ने इस दुनिया में आँखें खोलीं? मुझे नहीं पता।

7

यह कमरा जो हर पल मेरे लिए घुटा-घुटा सा क़ब्र से भी ज़्यादा तंग महसूस होता उसमें लगातार मेरी आया की नज़रें दरवाज़े पर टिकी उसकी राह देखती होतीं, लेकिन वह नहीं आई। क्या यह सब, उसकी बदौलत नहीं है जो मैं आज इस हालत में पड़ा हूँ? मामूली बात नहीं, तीन साल, नहीं दो साल चार महीने गुज़र गए लेकिन दिन और महीने का क्या महत्त्व? मेरे लिए तो अब उनका कोई अर्थ भी नहीं रह गया, जो ख़ुद क़ब्र में लेटा हो, वह देश-काल का अहसास खो देता है, यह कमरा मेरे विचारों और ज़िन्दगी का मक़बरा था। सारी गहमागहमी, आवाज़ें, दिखावा दूसरों की ज़िन्दगी का है। उन घटिहाओं के शरीर और आत्मा सब एक साँचे में ढले होते हैं। मेरे लिए वे अर्थहीन और फ़ुज़ूल हैं। जब से मैं बिस्तर से लगा हूँ, एक अनजानी व यक़ीन न करनेवाली दुनिया में जी रहा हूँ और अब मुझे वास्तव में इन घटिहा कहे जानेवालों की कोई ज़रूरत महसूस नहीं होती है। एक पूरी दुनिया जो मेरे अन्दर बस चुकी है जो बिना किसी पहचान की है। दरअसल, मैं मजबूर हो गया था कि अपने जीवन के इन सारे अनदेखे सूराख़ों को ढूँढ़ूँ और उन सबकी पड़ताल करूँ।

रात के उस पहर जब मेरा शरीर दो दुनिया की सरहदों के बीच मौजें मार रहा था, गहरी नींद में डुबकी मारने से लम्हा भर पहले मैंने ख़्वाब सा देखा जैसे कि पलक झपकते ही मैं अपनी ज़िन्दगी से अलग एक और ज़िन्दगी

में पहुँच गया हूँ। दूसरे परिवेश में साँसें ले रहा हूँ और काफ़ी दूर हूँ जैसे मैं अपनी ज़िन्दगी से फ़रार चाहता हूँ और अपने भाग्य को बदल डालना चाहता हूँ। जब मैंने आँखें बन्द कीं तो मेरी असली ज़िन्दगी मेरे सामने आन खड़ी हुई। वे सारी तस्वीरें जो ख़ुद एक ख़ास ज़िन्दगियाँ अपने लिए रखती थीं। अपनी मर्ज़ी से पहले धुँधली पड़ीं फिर साफ़-साफ़ नज़र आने लगीं। मानो मेरे संकल्प ने उनको तनिक भी प्रभावित नहीं किया लेकिन इसका यह मतलब क़तई नहीं है कि वे सारे दृश्य जो मेरी आँखों के सामने उभरे थे वे कोई मामूली ख़्वाब नहीं थे, क्योंकि अभी भी मुझे, नींद ने अपनी गिरफ़्त में नहीं लिया था मैं बेहद सुकून और आराम से इन दृश्यों का विश्लेषण करता हुआ उनकी आपस में तुलना भी कर रहा था। मैं इस नतीजे पर पहुँचा जैसे अभी तक मैंने अपने को पूरी तरह पहचाना नहीं था और आज तक जो कुछ मैंने दुनिया के बारे में कल्पना की थी उसका अर्थ और शक्ति वह खो चुकी थी और उसकी जगह एक काली रात की हुक्मरानी हो गई; क्योंकि मुझे कभी सिखाया नहीं गया था कि रात को देखूँ-परखूँ और उसे पसन्द करूँ। उससे प्यार करूँ।

मैं नहीं समझता इस वक़्त वाक़ई मेरे बाज़ू मेरे वश में हैं भी या नहीं; गुमान हुआ कि अगर मैं अपने हाथ अपने क़ाबू में रखता तो भी एक अनदेखी-अनजानी शक्ति से अपने आप चल पड़ता, बिना मेरे किसी तरह के हस्तक्षेप या कोशिश के, अगर लगातार अपने बदन पर संयम न रखता और बिना इरादे उसकी तरफ़ ध्यान न गया होता तो ज़रूर अपनी शक्ति से वह काम कर बैठता जिसका मुझे क़तई इन्तज़ार न होता। बहुत दिनों से यह अहसास मेरे अन्दर पनप रहा था कि मैं ज़िन्दा रहते हुए अपना विश्लेषण कर सका। न केवल मेरा शरीर बल्कि मेरी आत्मा और मेरा दिल परस्पर विरोधी रहे हैं। उनके बीच कोई साज़िश नहीं थी बल्कि मैं सदा एक क़िस्म के विघटन और विचित्र तरह के टूटन से गुज़रा हूँ कभी उन चीज़ों के बारे में सोचता हूँ तो उन पर ख़ुद यक़ीन नहीं कर पाता। कभी-कभी मेरे अन्दर भय का भाव पैदा होता जबकि उसी वक़्त अक्ल मुझे फटकारती। ज़्यादातर

ऐसा तब होता जब मैं किसी एक से बातें करता, या कोई काम कर रहा होता, तब मेरे अन्दर तरह-तरह के विषयों पर बहस अनायास शुरू हो जाती जबकि मेरे हवास कहीं और होते, किसी और सोच में होता और दिल ही दिल में अपने को बुरा-भला भी कहता जाता, कुछ लोगों का विश्लेषण कर उन्हें रद्द भी करता जाता। यह हमेशा से इसी तरह था और आगे भी इसी तरह चलेगा, एक गड्डमड्ड असन्तुलित परन्तु विचित्र स्थिति थी।

मेरे लिए जो चीज़ असहनीय है, मैंने महसूस किया है कि वे सारे लोग, जिन्हें मैं अपने चारों तरफ़ रहते देखता हूँ, लेकिन उनमें एक बाहरी समरूपता, एक समानता धुँधली व दूर और उसी के संग-संग नज़दीक भी, मुझे इन पर निर्भर कर देती है, यही ज़िन्दगी की मिली-जुली ज़रूरतें हैं जो मेरे आश्चर्य को कम करती हैं। यह साम्य, यह सादृश्यता मुझे सबसे ज़्यादा दुख पहुँचाती थी, वह यह थी कि यह कुकर्मों, घटिहा कहलानेवाले इस रंडी, यानी मेरी पत्नी को पसन्द करते थे और वह भी इनकी तरफ़ खिंचती थी। मुझे पूरा विश्वास है कि ख़राबी हम दोनों में से, किसी एक में है।

मैंने उसका नाम रंडी रख दिया है, क्योंकि इससे बेहतर और मुनासिब नाम उसके लिए हो ही नहीं सकता है; नहीं चाहता कहना 'मेरी जीवन-संगिनी' क्योंकि हमारे बीच पति-पत्नी, और जीवन भर साथ निभाने जैसा कोई सम्बन्ध न था। मैं ख़ुद झूठ बोल रहा हूँ। मैं सदा से,पहले दिन से उसे रंडी कहता आया हूँ क्योंकि इस नाम में एक विशेष क़िस्म की कशिश है। मैंने उसे इसलिए अपने निकाह में लिया क्योंकि पहले वह मेरी तरफ़ बढ़ी थी, वह भी मक्कारी और षड्यंत्र के साथ, नहीं, उसे मुझसे कोई लगाव न था। यह कैसे मुमकिन हो सकता कि वह किसी के प्रति लगाव रखे? एक औरत कामावेग में डूबी हुई, एक आदमी को केवल अपनी कामवासना की तृप्ति के लिए, एक को केवल इश्क़बाज़ी के लिए और एक को सिर्फ़ ज़ुल्म ढाने के लिए ज़रूरी समझती हो, मुझे शक है कि इतने से न उसे संतोष मिलता होगा न उसकी सीमा का अन्त है! मुझे उसने बिना शक केवल और केवल अत्याचार करने के लिए चुना है और इससे बढ़िया और कोई चुनाव हो

भी नहीं सकता था। मैंने उसे केवल इसलिए निकाह में लिया, क्योंकि वह अपनी माँ की तरह थी, मैं न केवल उसे प्यार करता था बल्कि मेरे बदन का रोआँ-रोआँ उसे चाहता था। ख़ासकर मेरे जिस्म के बीच का हिस्सा। मैं नहीं चाहता कि सच्ची भावनाओं को छुपाकर-घुमाकर, इश्क़, आकर्षण और अलौकिक लफ़्फ़ाज़ी में बयान करूँ जैसे साहित्यिक 'हूज़वारेशन'* मेरे मुँह में स्वाद नहीं दे पाते, मुझे ऐसा गुमान होता कि यह एक तरह का प्रसारण या प्रभाव मंडल है। मिसाल के तौर पर प्रभाव मंडल ज़्यादातर पैग़ंबरों और देवताओं के सिर के चारों तरफ़ खींचा जाता है। मेरे बदन के बीच मौजें उठतीं और मेरे बदन के बीच हर हालत में वह प्रभाव मंडल दुखी और दर्द भरा उसे पाना चाहता और अपनी सारी शक्ति और क्षमता के साथ अपनी तरफ़ ख़ीचता था।

मेरी तबीयत कुछ सँभली, मैंने पक्का इरादा किया कि कहीं दूर चला जाऊँ, ख़ुद को कहीं गुम कर दूँ, जैसे कोढ़ी कुत्ता जानता है कि अब वह मरेगा, ठीक उसी तरह जैसे चिड़ियाँ मरने से पहले छुप जाती हैं। सुबह-सुबह उठ गया। कारनिस के ऊपर दो बिस्कुट पड़े थे। उन्हें उठाया और इस तरह घर से भागा कि किसी का ध्यान मेरी तरफ़ न जाए। जिस मनहूसियत ने मुझे घेर रखा था, दरअसल मैं उससे दूर भागना चाहता था। बिना किसी तयशुदा मक़सद के गली के बीच से, बिना किसी तकलीफ़ के उन घटिहाओं के पास से, जिनके चेहरे लालच से भरे नज़र आते और जो सारे समय वासना पूर्ति और धन कमाने के लिए दौड़-भाग करते रहते हैं। मैं उनके बीच से गुज़रा। मुझे उनकी तरफ़ नज़रें उठा के देखने की ज़रूरत नहीं थी, क्योंकि एक व्यक्ति उन सबका नमूना लगता जिनकी ज़ुबान और बोली बिलकुल एक सी होती और उनके पीछे मुट्ठी भर अँतड़ियाँ झूलतीं जो वास्तव में उनकी जननेन्द्रियाँ होतीं।

---

* यह ऐसे शब्द और वाक्य हैं जो पहलवी लिपि में दूसरी भाषाओं से जैसे सुरयानी या सामी से आए थे।

मुझे महसूस हुआ जैसे मैं अचानक हल्का और फुर्तीला हो उठा हूँ। मेरे पैर विशेष गति से, जिसकी कल्पना भी मैं नहीं कर सकता बड़ी तीव्रता के साथ आगे बढ़ रहे थे जैसे ज़िन्दगी के सारे क़ैदख़ानों से निजात पा चुका हूँ। मैंने कन्धों को ऊपर झटका। यह मेरी सहज हरकत थी। बचपन में जब मैं किसी ज़िम्मेदारी या परेशानी से छुटकारा पाता तो इसी तरह कन्धा उचकाता था।

सूरज ऊपर आ चुका था, तेज़ धूप तन को जला रही थी। ख़ाली पड़ी गलियों से गुज़रने लगा। रास्ते में सुरमई रंगों के घर जो अंकों के आकार के विचित्र से लगे। कुछ शंक्वाकार, त्रिघाती, बन्दीगृह की तरह थे जिनकी खिड़कियाँ तंग और अँधेरी नज़र आ रही थीं। ये सारी खिड़कियाँ और दरीचे बिना चौखट-दरवाज़े के, बिना मालिक के, कामचलाऊ नज़र आ रहे थे। साफ़ लग रहा था कि इन घरों में कोई भी ज़िन्दा आदमी नहीं रह सकता है।

सूरज की किरणें सुनहरी तलवार की तरह दीवार के किनारों को काटती आगे बढ़ रही थीं जिनकी चमक ने पुरानी दीवारों से घिरी गली में सफ़ेदी भर दी थी और यह सफ़ेदी धीरे-धीरे रेंग रही थी। सभी जगह आरामदेह ख़ामोशी की कैफ़ियत सी छाई हुई थी जैसे कि पवित्र क़ानून के सारे तत्त्वों ने इस झुलसते मौसम को मेरा लिहाज़ करते हुए एक ठहराव सा दे दिया था। साफ़ ज़ाहिर था कि हर जगह एक रहस्य छुपा हुआ था कुछ इस तरह से कि मेरे फेफड़े भी साँस लेने की जुर्रत नहीं कर पा रहे थे।

एकाएक मेरा ध्यान गया कि मैं दरवाज़े से बाहर निकल आया हूँ। सूरज की किरणें जैसे अपने हज़ारों मुँह से मेरे जिस्म से पसीने की बूँदों को खींच रही थीं। सहरा (मरुस्थल) की झाड़ियाँ चमकते सूरज के नीचे तपकर हल्दी के रंग की हो गई थीं। बुख़ार से तपता सूरज अपनी जलती किरणों को इस निर्जीव गूँगे दृश्य पर न्योछावर कर रहा था। लेकिन यहाँ की मिट्टी और वनस्पति एक ख़ास क़िस्म की गन्ध वाली थी। यह गन्ध इतनी तीखी और तेज़ थी कि उसको सूँघते ही मैं अपने बचपन के पलों की याद में खो गया, न सिर्फ़ उसका स्पंदन व संवाद उस समय को मेरे सामने जीवित कर गया

बल्कि एक क्षण के लिए मैंने उसे अपने अन्दर महसूस किया जैसे कि यह घटना गुज़रे कल की हो। एक अजीब तरह की ख़ुशगवार चकराहट की अनुभूति सी हुई कि मैं अपनी खोई दुनिया में दो बार पैदा हो गया हूँ। यह अनुभूति एक विशेष तरह की मस्ती दे गई जिसका प्रभाव पुरानी शराब की मिठास बन मेरी शिराओं में बहने लगी। सहरा में काँटों, पत्थरों,दरख़्तों के तनों व बनजवायन की छोटी झाड़ियों को पहचानता था। जाने हुए पौधों की बू को पहचानता था। गुज़र गए दिनों की यादों ने फिर मुझे अपनी तरफ़ खींचा। लेकिन ये सारी यादें जादुई अन्दाज़ से मुझसे बहुत दूर हो गई थीं। मगर वे सारी यादें आपस में मिली हुई एक ठोस सच्चाइयाँ थीं जबकि मैं एक दूर खड़े तमाशाई की तरह उनके साथ नहीं था और मुझे लगता है उनके और मेरे बीच में एक गहरी खाई सी आ गई है। मुझे महसूस हो रहा था कि मेरा दिल ख़ाली तथा झाड़ियाँ व पौधे उस ज़माने की जादुई सुगन्ध खो चुके थे, सर्व के ज़्यादातर दरख़्तों के बीच में फ़ासला आ गया था। पहाड़ियाँ पहले से ज़्यादा ख़ुश्क नज़र आ रही थीं। उस वक़्त जो मैं था वह अब नहीं रह गया था और अगर उसे उपस्थित भी यहाँ कर दूँ और उससे बातचीत करना आरम्भ कर दूँ तो न वह मेरी सुनेगा न मेरा मतलब समझेगा। वह एक आदमी की सूरत में था इसलिए मैं पहले उसे जानता था लेकिन अब वह न मैं और न मेरा हिस्सा था।

मेरी नज़र में दुनिया एक ग़मगीन ख़ाली घर की तरह है और मेरे सीने में एक बेचैनी सी दौड़ती है। जैसे कि मैं मजबूर था कि नंगे पाँव इस घर के सारे कमरों में एक बाग़ी की तरह घूमूँ, कमरे दर कमरे मैं गुज़रता हुआ। लेकिन जैसे ही आख़िरी कमरे, उस रंडी के सामनेवाले कमरे में पहुँचा मेरी पीठ के पीछे दरवाज़ा अपने आप बन्द हो गया सिर्फ़ लरज़ती परछाइयाँ दीवारों पर उनकी आकृतियों की धुँधला सी गई थीं जो काली त्वचा वाले ग़ुलामों और कनीज़ों की थीं जो मेरी चारों तरफ़ से पहरेदारी कर रहे थे।

सोरेन नदी के पास जैसे ही पहुँचा मेरी नज़रों के सामने ख़ाली सूखा पहाड़ उभरा। पहाड़ के सूखे व सख़्तपन ने मुझे दाई की याद दिला दी,

मैं नहीं जानता उनके बीच क्या रिश्ता था। पहाड़ के किनारे से गुज़रता तो एक साफ़-सुथरे छोटे से अहाते में पहुँचा जो कि चारों तरफ़ से पहाड़ से घिरा हुआ था। ज़मीन गहरे नीले रंग के नीलोफ़र के फूलों से भरी हुई थी और पहाड़ की चोटी पर एक क़िला जो कि भारी ईंटों से बना हुआ दिखा। उस समय मुझे थकन लगी, सोरेन नहर के किनारे पहुँच एक सर्व के पुराने दरख़्त के नीचे रेत पर जाकर बैठ गया।

जगह अकेली और आरामदेह थी। ऐसा लग रहा था कि अभी तक कोई भी इधर आया नहीं था। एकाएक मेरा ध्यान उधर की तरफ़ गया जहाँ सर्व के वृक्षों के बीच से एक छोटी बच्ची आती दिखाई पड़ी फिर क़िले की तरफ़ चली गई। वह काले कपड़े पहने हुए थी जिसके ताने-बाने बहुत नाज़ुक और महीन धागों से मानो रेशम से बुने गए थे। वह अपनी बाएँ हाथ की उँगली का नाख़ून दाँतों से चबा रही थी और एक लापरवाही भरी आज़ादी के साथ टहलती हुई सामने से गुज़र गई। मुझे पता नहीं क्यों ऐसा लगा कि मैं इसे पहले भी देख चुका हूँ और पहचानता भी हूँ लेकिन इतने दूर से सूरज की चमक के बीच समझ नहीं पाया कि वह अचानक ही आँखों से ओझल कैसे हो गई?

मैं अपनी जगह पर जम सा गया। ज़रा सा भी हिल-डुल नहीं सकता था लेकिन इस बार मैंने अपने बदन की आँखों से उसे देखा था कि मेरे सामने से गुज़री और पलक झपकते ग़ायब। क्या उसका वजूद सचमुच था या सिर्फ़ मेरा वहम था? यह ख़्वाब था जो मैंने देखा था या फिर बेदारी थी, मैं जितना दिमाग़ पर ज़ोर देता उतना ही उलझ जाता। एक ख़ास तरह का कंपन मैंने अपने रीढ़ के पीछे अँधेरे में महसूस किया जैसे कि इस पल क़िले की सारी परछाइयाँ जी उठी हों और वह लड़की पुराने शहर रे की ही बाशिन्दा थी।

जो दृश्य मुझे सामने नज़र आ रहे थे पहली नज़र में ख़ासे जाने-पहचाने से लग रहे थे। मुझे याद आया वह नौरोज़ का तेरहवाँ दिन जब हम सब यहाँ आए थे। मेरी बीवी की माँ और वह रंडी, हम दोनों कितनी देर तक

इन सर्व के वृक्षों के चारों तरफ़ एक-दूसरे के पीछे दौड़े थे। एक बच्चों का झुंड भी आकर हममें मिल गया था। ठीक से याद नहीं, हमने छुपन-छुपाई का खेल खेला था। एक बार मैं उसी रंडी के पीछे भागा था। नहर सोरेन का किनारा था। उसका पैर जाने कैसे फिसला और वह नहर में जा गिरी। उसे बड़ी सावधानी से बाहर निकाला गया और सर्व के दरख़्तों के झुंड की तरफ़ ले गए ताकि उसके कपड़े बदले जाएँ। मैं भी उनके पीछे-पीछे गया, उसके सामने नमाज़ की चादर से आड़ कर रखी थी। मैंने पेड़ के पीछे से उसके नंगे बदन को देखा था। वह मुस्कुराते हुए अपनी तर्जनी वाली उँगली के नाख़ून को चबा रही थी। उसके बदन के चारों तरफ़ सफ़ेद स्कार्फ को बाँध दिया गया था और उसके काले रेशमी कपड़ों को वहीं धूप में सूखने के लिए फैला दिया गया था।

मैं, अन्त में पुराने सर्व के दरख्त की जड़ के पास महीन रेत पर लेट गया। पानी की आवाज़ कटी-कटी सी जो समझ में न आती हो। जैसे आदमी ख़्वाब में बुदबुदाता हो, मेरे कानों में पहुँच रही थी। मैंने अपने हाथों को अचानक नम गर्म रेत में डाला और उसे मुट्ठियों में लेकर भींचा, जैसे कसे मांस वाली लड़की का बदन हो जो पानी में गिरा था और जिसका लिबास बदला गया था।

पता नहीं कितना समय गुज़र गया था। जब अपनी जगह से उठा तो बिना किसी इरादे के आगे बढ़ा। जगह ख़ामोश और आरामदेह थी मैं आगे बढ़ ज़रूर रहा था मगर मेरी नज़र मेरे परिवेश पर नहीं थी। मेरे अन्दर ऐसी कोई शक्ति बिना कारण न थी जो इस तरह मुझे चलने पर आमादा कर रही हो। ठीक उसी पानी में गिरी काले लिबास वाली लड़की की तरह मेरा पैर फिसला और मैं उधर से गुज़रा। यही कि जैसे मेरी सुध लौट आई, देखा कि मैं शहर में अपनी पत्नी के पिता के घर के सामने खड़ा हूँ। उनका छोटा बेटा, मेरी पत्नी का भाई चबूतरे पर बैठा था जैसे एक सेब को दो फाँक कर दिया गया हो! आँख तिरछी तुर्कमानी उभरे हुए रुख़सार, गेहुँआ रंग,

कामुक नाक, चेहरा पतला व पक्का। अपने बाएँ हाथ की तर्जनी का नाख़ून दाँतों से काटता हुआ। मैं अकस्मात् उसकी तरफ़ बढ़ा। जो बिस्कुट मैं लाया था जेब से निकाल उसकी तरफ़ बढ़ाते हुए बोला, "इसे शाहजान ने तुम्हारे लिए भेजा है।" क्योंकि यह मेरी पत्नी को अपनी माँ की तरह शाहजान ही कहता था। मैं उसके पास वहीं घर के चबूतरे पर बैठा। उसने ताज्जुब से बिस्कुटों की तरफ़ देखा फिर झिझकते हुए उसने अपना हाथ बढ़ाया। मैंने उसे अपने पास बिठाया और लिपटाया। उसका बदन गर्म था। उसके पंजे ठीक मेरी पत्नी के पंजों की तरह थे और अदाओं में वही बेतकल्लुफ़ी थी। उसके होंठ अपने पिता की तरह थे। इसके बावजूद कि मुझे उसके पिता से घृणा सी थी मगर इसके लिए मेरे दिल में खिंचाव सा था, इसका कारण था कि उसके अधखुले होंठ, जैसे अभी-अभी एक लम्बे ऊष्मा भरे चुम्बन से जुदा हुए हों, मैंने उसके अधखुले होंठों पर प्यार किया जो ठीक मेरी पत्नी से मिलते-जुलते थे। उसके होंठ खीरे की कड़वाहट भरे और कच्चे अंगूरों का खट्टापन जैसा स्वाद देनेवाले थे, हो सकता है उस रंडी के होंठों का स्वाद भी यही हो।

उसी वक़्त देखा, उसका पिता झुका हुआ बूढ़ा, गर्दन में शाल लपेटे घर से बाहर आया, इससे पहले कि वह मुझे देखता, पास से गुज़र गया। रुक-रुककर हँस रहा था। ऐसी हँसी ख़ुश्क और ख़ौफ़नाक जिसे सुनकर आदमी के बदन के रोंगटे खड़े हो जाएँ। हँसी से उसके कन्धे हिल रहे थे! शर्म के मारे दिल चाहा वहीं ज़मीन में गड़ जाऊँ। सूरज डूबने का समय हो रहा था मैं अपनी जगह से उठा और इस तरह जैसे ख़ुद से भागना चाह रहा हूँ बिना किसी इरादे के, मैं अपने घर की तरफ़ चल पड़ा, रास्ते में किसी को न देखा और न ही इधर-उधर नज़रें डालीं। मेरे चारों तरफ़ अंकों के आकार के घर बिखरे थे जिनके दरीचे खुले और अँधेरे में डूबे, लेकिन उनका हुलिया ऐसा था कि उसमें कोई भी रेंगनेवाला कीड़ा तक नहीं रह सकता था। अलबत्ता उनकी सफ़ेद दीवारों पर इतनी कम रौशनी में कुछ चमक रहा था जो अनजाना सा था, वह चीज़ थी जिस पर मेरा विश्वास करना कठिन

था, मैं चाँद की रौशनी में इन सारी दीवारों के सामने जाकर खड़ा हुआ। मेरी छाया बड़ी और गहरे रंग की पड़ रही थी मगर जो बिना सिर के थी। मेरी छाया सिर वाली नहीं थी; मैंने सुन रखा था कि अगर किसी की छाया बिना सिर के पड़े तो वह साल के अन्दर-अन्दर मर जाता है।

बदहवास-सा मैं घर में घुसा और अपने कमरे में शरण ली। ठीक उसी समय मेरी नकसीर फूटी काफ़ी अधिक मात्रा से मेरे दिमाग़ से ख़ून बह निकला और मैं बेहोश अपने बिस्तर पर गिर पड़ा। दाई मेरी देखभाल में जुट गई।

इससे पहले कि मैं नींद में डूबूँ मैंने अपना चेहरा आईने में देखा, क्या देखता हूँ कि मेरा चेहरा उतरा, धुँधला और बिना जान के लग रहा था। इतना ज़्यादा फीका नज़र आ रहा था कि मैं ख़ुद को पहचान नहीं पाया। बिस्तर पर गिरकर मैंने ख़ुद पर लिहाफ खींचा, ग़लत कहा, चेहरा मैंने दीवार की तरफ़ किया। पैरों को समेटा आँखें बन्द कीं और विचारों के पीछे ख़ुद को छोड़ दिया। ये सारे रिश्ते जो मेरी अँधेरी, रोमांचकारी, दर्दभरी, आशंकाओं से घिरे भाग्य की संरचना करते हैं जहाँ पहुँचकर ज़िन्दगी और मौत आपस में गड्डमड्ड-सी होकर रह गई थीं। और एक नकारात्मक विचारों से भरे अस्तित्व को जन्म देती महसूस हुईं। मेरी पुरानी इच्छाएँ जिनकी हत्या कर दी गई थी। ख़्वाहिशें जो धुँधलाकर पूरी तरह मर चुकी थीं वे एकबारगी फिर जीवित हो उठीं और प्रतिशोध लेने के लिए चीत्कार कर उठीं; और इस समय मैं प्रकृति और बाहरी दुनिया से कटकर रह गया और पूरी तरह अपने को तैयार पाया कि ख़ुद को अज़ल के बहाव में गुम होने के लिए छोड़ दूँ। ख़ुद ही ख़ुद कई बार बड़बड़ाया, "मौत...मौत तुम कहाँ हो?" इतने से ही जैसे मुझे तसल्ली मिल गई, मेरी आँखें नींद से बोझिल होने लगीं।

आँखें बन्द हुईं तो ख़ुद को मैदाने मोहम्मदिया में खड़ा पाया जहाँ फाँसी का फंदा ऊँचाई पर लटकाया गया था। बूढ़े आदमी ख़ंजरपंज़री को मेरे कमरे के आगे घूमते पहिए वाले फाँसी के फंदे पर लटकाया जा रहा था। कई दरोग़ा नशे में मस्त शराबनोशी कर रहे थे। मेरी पत्नी की माँ आपे से बाहर

हुई मगर विश्वास भरे चेहरे के साथ, ठीक वही भाव जो ग़ुस्से के वक़्त मैं अपनी पत्नी के चेहरे पर देखता हूँ, के साथ त्योरी पर बल डाले, उड़े रंग के होंठों और उबली आँखों में भरी वहशत के साथ, भीड़ के बीच मेरा हाथ खींचती हुई, सीधे जल्लाद के पास जो लाल लिबास पहने हुए थे, पहुँची और मुझे दिखाती हुई उनसे बोली : "इसे फाँसी पर चढ़ाएँ।"

मैं घबराया सा नींद से जागा, भट्ठी की तरह तपता हुआ, बदन पसीने में तर-बतर, बुख़ार की तेज़ी के कारण गालों से आग की लपटें निकलती हुई, डरावने सपने को देखते हुए उठा था, पानी पिया, सिर और चेहरे पर छींटे मारीं और दोबारा सोया मगर आँखों में फिर कोई सपना नहीं तैरा।

रौशन कमरे में कारनिस पर रखे पानी की सुराही की छाया पड़ती देख मैं हैरान रह गया। मुझे अब लगने लगा कि जब तक वह पानी की सुराही वहाँ रहेगी मुझे नींद नहीं आएगी। एक तरह का बेतुका-सा ख़ौफ़ भी मेरे अन्दर उभर रहा था कि वह सुराही गिरकर रहेगी। बिस्तर से उठ खड़ा हुआ ताकि सुराही को किसी सुरक्षित स्थान पर रख सकूँ लेकिन एक अनजाने कंपन जिसके प्रति मैं सचेत नहीं था, हाथ इरादतन सुराही से टकराया और वह नीचे ज़मीन पर गिरी, गिरते ही टूट गई। मैंने अपनी दोनों पलकों को भींचा मगर ऐसा महसूस हुआ कि दाई उठ गईं और मुझे घूर रही हैं। लिहाफ़ के अन्दर मैंने अपनी मुट्ठियाँ कसीं मगर किसी क़िस्म की कोई विशेष घटना ने कोई मोड़ नहीं लिया। एक सनसनाहट की हालत तारी हुई। उसी बेसुधी की कैफ़ियत में मैंने कूचे में आवाज़ सुनी, वह दाई के पैरों की आवाज़ थी जो अपनी एड़ियों को ज़मीन पर घसीटती नान व पनीर ख़रीदने जा रही थीं।

इसके बाद दूर से आती फेरी वाले की आवाज़ सुनाई पड़ी जो हाँक लगा रहा था : "सफ़रा बुराह शातूत!" नहीं, ज़िन्दगी रोज़ की तरह थकावट भरी शुरू हुई थी। रौशनी बढ़ गई थी, आँखें जो खोलीं तो सामने सूरज के टुकड़े का अक्स देखा जो मेरे कमरे के दरीचे की छत पर बने हौज़ के पानी की सतह पर थरथरा रहा था।

कुछ ऐसी अनुभूति हुई जैसे कल रात देखा सपना इतना दूर और धुँधला हो चुका था जैसे कई वर्षों पहले जब मैं बच्चा था तब देखा हो। दाई मेरे खाने के लिए कुछ लेकर आई थीं, उन्हें देखकर लगा जैसे उनकी सूरत एक बिगड़े दर्पण में क़ैद हो गई हो। वह इतनी झूली हुई कमज़ोर-सी मुझे नज़र आ रही थीं कि यक़ीन नहीं आ रहा था। उनका कार्टूननुमा हाल कुछ ऐसा था जैसे कि भारी वज़न ने उनके चेहरे को नीचे लटका दिया हो।

ननजून जानती थीं कि हुक़्क़े का धुआँ मेरे लिए नुक़सानदेह है तो भी वह मेरे कमरे में आकर हुक़्क़ा पीती थीं। जब तक वह हुक़्क़ा नहीं पी लेती थीं सच में उनका दिमाग़ अपनी सही जगह पर नहीं आ पाता था। इतना ज़्यादा दाई ने अपने घर और अपने बहू-बेटे के बारे में बातें की थीं कि मुझे भी उन्होंने उस रसभरी ज़नाना बातों का हिस्सेदार बना लिया था और यह भी कैसी मूर्खता है कि आदमी दूसरों के घर-परिवार के बारे में सोचने लगे, जैसे मैं अक्सर दाई की समस्याओं के बारे में सोचने लगता। पता नहीं क्यों दूसरों के दुखड़े सुन मेरे दिल पर गहरा असर होता जबकि ख़ुद के हालात ऐसे थे उसमें मेरी दर्दनाक ज़िन्दगी का दीपक धीरे-धीरे कर बुझनेवाला था। इन सारी बातों से मुझे क्या लेना-देना था कि मैं बची ज़िन्दगी में इन नादानों और घटिहा कहलानेवालों के बारे में चिन्तित हूँ जो कि हट्टे-कट्टे हैं, ख़ूब ख़ाते-पीते और सुख की नींद सोते हैं, ख़ुशियाँ व जश्न मिल-जुलकर मनाते हैं। और ज़र्रा भर भी जो मेरे दुख को महसूस करते हों। उनके चेहरों पर मौत के डैने इस तरह पंख पसारे नहीं होते हैं।

ननजून मेरे साथ एक बच्चे जैसा व्यवहार करती थीं। उनकी दिली इच्छा थी कि वह मेरे बारे में सब कुछ जान लें। अभी तक मैं पत्नी से पर्दादारी रखता था। जो थूक-बलग़म रात को लगन में गिराता, उसके कमरे में घुसते ही उसे ढक देता, अपने सिर और दाढ़ी के बाल में कंघी करता। रात की टोपी को अपनी जगह पर रखता लेकिन दाई के साथ इस तरह की औपचारिकता न थी, जिस औरत का कोई सम्बन्ध मुझसे अभी तक बन नहीं पाया था, आख़िर क्यों, वह औरत पूरी तरह मेरी ज़िन्दगी में दाख़िल हो गई थी?

मुझे अच्छी तरह से याद है, पानी की टंकी के ऊपर इसी कमरे में कड़कड़ाते जाड़े में कुर्सी* रखी जाती थी। मैं, दाई और इस बदचलन कुर्सी के चारों तरफ़ सो रहे थे। अभी पौ नहीं फटी थी कि अचानक मेरी आँख सोते से खुल गई। कमरे के दरवाज़े पर जो गुलदोज़ी के काम बना पर्दा लटक रहा था, मेरी आँखों के सामने उस पर्दे में जान सी आ गई। वह पर्दा कैसा विचित्र और डरावना हो उठा? उस पर्दे के ऊपर एक बूढ़ा कुबड़ा आदमी ठीक हिन्दुस्तानी जोगियों की तरह शाल लपेटे, सर्व के दरख़्त के नीचे बैठा था। उसके हाथ में सहतारा जैसा बजानेवाला बाजा था और एक सुन्दर लड़की, हिन्दुस्तानी मन्दिरों में नृत्य करनेवाली बोगाम दासी को ज़ंजीरों में जकड़ रखा था। ऐसा लग रहा था कि वह मजबूर और बेबस है कि इस बूढ़े मर्द के सामने नृत्य करे। मैं कल्पना ही कल्पना में सोचने लगा जैसे इस बूढ़े मर्द को अन्धे कुएँ में अज़दहे के साथ डाला गया होगा। तभी इसकी ऐसी हालत हो गई है जो इसके दाढ़ी और सिर के बाल इस तरह सन-सफ़ेद हो गए थे।

यह पर्दा हिन्दुस्तानी ज़रदोज़ी कढ़ाई किया उन पर्दों में से था जो पिता या चचा ने सुदूर देशों से भेजा रहा होगा। उस पर उभरे जानदार दृश्य को जो और ग़ौर से देखा तो डर गया, सोती दाई को जगाया तो उन्होंने अपनी बदबूदार साँसों और रूखे काले बालों जो मेरे चेहरे पर रगड़ गए, के साथ मुझे अपने से लिपटा लिया। सुबह जो आँख खुली तो वह उसी हुलिया की लगीं मगर फ़र्क़ सिर्फ़ इतना था कि अब उनका चेहरा ज़्यादा सख़्त और गम्भीर नज़र आ रहा था।

---

* जाड़े के दिनों में वह कमरा जो गर्म अंगारों वाली अँगीठी को बीच कमरे में रख उस पर बड़ा-सा लिहाफ़ डाला जाता है जिसके चारों तरफ़ पूरा परिवार ज़मीन पर बिछे गद्दे पर सोते हैं।

8

यह सच था मैं सब कुछ भुलाने, ख़ुद से भागने की कोशिश में बचपन के दिनों को याद करता हूँ ताकि इस बीमारी के पहले वाले दिनों की हालत में अपने को देख सकूँ और इस अनुभूति से सराबोर हो सकूँ कि मैं ठीक-ठाक सेहतमन्द हूँ...अभी मैं ऐसी मन:स्थिति से गुज़र रहा हूँ जैसे मैं वास्तव में बच्चा हूँ और मेरी मृत्यु के लिए, मेरे ग़ायब हो जाने के लिए, एक दूसरी साँस थी जो मेरे हाल पर तरस खा रही थी, उस बच्चे के हाल पर जो कल मर जानेवाला होगा। अपनी सदमा भरी ज़िन्दगी की घटनाओं की तरह मैंने दाई को देखा, उनका फीका चेहरा, हलक़ों में धँसी आँखें, खीजी और थकी-थकी सी, नाक के नाज़ुक नथुने और हड्डिली चौड़ी पेशानी, मुझे उन दिनों की याद में डुबो गई जिसमें फ़िलहाल मैं भ्रमण कर रहा था, शायद वे रहस्यमय तरंगें जो उस बाल काल की मुझ तक पहुँचती थी वे मुझे तृप्त करके संतोष सा देती थीं। उनकी कनपटी पर गोश्त भरा मस्सा था जिसके अन्दर से बाल निकले हुए थे। पहली बार मैंने इस मस्से को देखा था शायद इसलिए भी कि इससे पहले मैंने इतने ग़ौर से दाई को कभी नहीं देखा था।

यह ज़रूर था कि ननजून ऊपर से काफ़ी बदल चुकी थीं मगर उनके विचार पहले की तरह ही थे। बस जो फ़र्क़ आया था वह यह कि ज़िन्दगी से ज़्यादा प्यार करने लगी थीं और मौत से डरती थीं, जैसे पतझड़ से पहले मक्खियाँ कमरे में शरण लेने के लिए घुसती हैं। लेकिन मेरी ज़िन्दगी हर

दिन, हर पल बदल रही थी, मेरा ख़याल था कि जो परिवर्तन लम्बे समय में मुमकिन होता है उसे इनसान चन्द वर्षों में तय कर लेता है। मेरे लिए यह रफ़्तार कई हज़ार गुना तेज़ हो चुकी थी। इस हाल में ख़ुशी रास्ता बदल शून्य की तरफ़ बढ़ रही थी, बढ़ती जा रही थी और शायद शून्य से भी ज़्यादा आगे बढ़ जाएगी। कुछ लोग ऐसे होते हैं जो बीस साल में ज़िन्दगी से उखड़ने लगते हैं जबकि कुछ ऐसे होते हैं जो केवल मृत्यु के समय बहुत आराम और धीमे से ठीक उस चर्बी के चिराग़ की तरह जिसका तेल ख़त्म हो जाता है। वे बुझ जाते हैं।

दोपहर में जब दाई माँ, मेरे लिए खाना लेकर आईं तो सूप के प्याले को ज़मीन पर पटककर, मैं अपनी पूरी ताक़त से चीख़ पड़ा। सारा घर जमा हो गया मेरे कमरे के दरवाज़े के सामने वह लक्काते (रंडी) भी दौड़ी आई मगर फ़ौरन चली गई। मैंने उसके पेट पर नज़र डाली थी वह बाहर निकल आया था, नहीं, उसने अभी बच्चे को जन्म नहीं दिया था। उन्होंने जाकर हकीम बाशी को ख़बर दी। मुझे इस बात को सोच-सोचकर मज़ा आ रहा था कि कम से कम मैंने इन मूर्खों को कठिनाई में तो डाला।

हकीम बाशी अपनी तीन बालिश्त लम्बी दाढ़ी के साथ आए और हिदायत दी कि मैं तिरयाक खींचने लगूँ। कैसी बहुमूल्य दवा उन्होंने मेरी दर्दनाक ज़िन्दगी के लिए चुनी थी। जिस समय मैं तिरयाक के कश खींचता था मेरे विचार बड़े, बारीक़, रहस्यमयी और डैने पसारकर उड़नेवाले हो जाते, मैं भी बिना झिझक दूसरे परिवेश, अजनबी दुनिया में सैर-सपाटे के लिए निकल जाता।

मेरे ख़याल और अहसास पृथ्वी के आकर्षण और दुनियावी चीज़ों के भारीपन से आज़ाद होकर बड़ी ख़ामोशी और सुकून के साथ आकाश की ओर उड़ान भरते कुछ इस तरह से जैसे कि मुझे चमगादड़ के सुनहरे डैनों पर बिठा, उस चमकीली खोखली दुनिया जिसका कोई लक्ष्य नहीं, सैर कराती। इसका असर इतना गहरा और आनन्द भरा मुझ पर पड़ता था जो मौत से भी कई गुना ज़्यादा था।

मंक़ल के पास से उठा और आँगन की तरफ़ खुलनेवाले दरीचे की तरफ़ गया तो देखा दाई धूप में बैठी हैं। सब्ज़ी काटते हुए अपनी बहू से कहने लगीं, “हम सभी के दिल को धक्का पहुँचा है, काश! ख़ुदा उसे जल्द उठा लेता, उसे सुकून मिलता।” जैसे कि हकीम बाशी ने उन लोगों से कह रखा हो कि अब मेरे बचने की कोई उम्मीद न हो।”

यह सुनकर मुझे ज़रा भी धक्का महसूस नहीं हुआ, यह सब कितने अहमक़ हैं। इसी के एक घंटे बाद मेरे लिए वह जोशांदा लेकर आईं। उनकी आँखें हद से ज़्यादा रोने की वजह से लाल और पपोटे सूजे हुए थे। मेरे सामने वह ज़बरदस्ती मुस्कुराईं; मुझे दिखाने के लिए यह सब नाटक करते मगर कितने बचकाना अन्दाज़ से! क्या सब समझते हैं कि मैं कुछ नहीं जानता? लेकिन क्यों यह औरत अपनी ममता का इज़हार मुझसे करती है? क्यों वह अपने को मेरे ग़म में शामिल समझती है? एक दिन उनको पैसे दिए गए थे और उन्होंने अपने काले झुर्रियों वाले सीने जो कुएँ से पानी खींचनेवाली छोटी मश्क की तरह थे। जिनको उन्होंने मेरे होंठों से सटा दिया था। काश! उनके स्तनों में कोढ़ हुआ होता। जबकि उनके स्तनों को मैंने देख रखा था, जिसे देखकर मुझे क़ै होती है कि उस समय भूख मिटाने के लिए मैंने उनके बदन का रस चूसा है। और हमारे बदन की ऊष्मा एक-दूसरे के बदन ने महसूस की है। वह मेरे सारे बदन पर हाथ फेरती थीं और शायद इसीलिए एक ख़ास हौसले के साथ, हो सकता है एक औरत बिना शौहर वाली, मेरे साथ इस तरह का बर्ताव करतीं, वह उसी बचपन वाली निगाहों से मुझे देखतीं। मुझे बचपन में शौचालय ले जाती थीं, क्या पता वह मुझसे अपनी कामवासना भी पूरी करती हों जो अक्सर औरतें, अपनी मुँह बोली बहनों से करती हैं।

अभी भी वह बड़ी मेहनत और जिज्ञासा के साथ ऊपर से नीचे तक की सफ़ाई करती थीं बक़ौल उनके ‘तर व ख़ुश्क’ करती रहती थीं...अगर मेरी पत्नी, वही रंडी, मेरे साथ होती तो मैं ननजून को कभी भी अपने पास फटकने न देता, क्योंकि मेरा सोचना था कि पत्नी के प्रति मेरा सौन्दर्यबोध

और विचार दाई माँ के मुक़ाबले में ज़्यादा था या फिर यह काम इच्छा थी, इस ख़याल ने मेरे अन्दर शर्म व हया का अहसास जगा दिया था।

इस कारण मैं दाई माँ से पहले के देखते दूरी बनाए रखता था मगर दाई मेरे चारों तरफ़ मँडराती रहती थीं। उनका विश्वास था कि भाग्य का लिखा यही था। यही सितारों का खेल था। इसके अलावा वह मेरी बीमारी का भी फ़ायदा उठाती थीं। अपना सारा दुखड़ा, घरेलू लड़ाई-झगड़े, सैर-सपाटा बड़ी सादगी भरी धूर्तता व लालच से भरी अपनी बातें मुझसे कहतीं, बहू से जो उनकी शिकायतें थीं जैसे कि सौत ने कैसे अपने इश्क़ और कामुक अदाओं से उनके बेटे का दिल उनकी तरफ़ से फेर दिया है! बड़े जले-भुने अन्दाज़ से ये सब कहतीं उनकी बहू ज़रूर सुन्दर होगी मैंने दरीचे से उसे आँगन में देखा है, भूरी आँखें, सुनहरे बाल, छोटी सुतवा नाक। कभी-कभी पैग़ंबरों के चमत्कार के बारे में मुझे बतातीं; इस बहाने वह मुझे हौसला और तसल्ली देने की कोशिश करतीं और मैं उनकी इस नादानी भरी सोच पर अफ़सोस करता! कभी-कभी वह मेरे लिए ख़बर देने का भी काम करतीं। बतौर मिसाल कुछ दिन पहले बताने लगीं कि मेरी बेटी...मतलब वही रंडी, बच्चे के लिए लिबासे क़यामत (इस नाम से कपड़ा नवजात शिशु को पहनाया जाता है) सिला है, ख़ुद के बच्चे के लिए। बाद में, जैसे कि उन्हें सब पता हो मेरी दिलदारी करतीं, कभी-कभी वह पड़ोसियों की चौखट पर पहुँच जातीं और दवा व उपचार के नए नुस्ख़े पूछ के आतीं; कभी जादूगर, फालगीर, जामेज़न के पास जातीं, पवित्र किताब को खोल लेतीं और मेरे बारे में उनसे सलाह-मशविरा करतीं। साल के आख़िरी बुध के दिन वह फ़ालगूश के पास गई थीं। एक कटोरा जिसमें प्याज़, चावल और ख़राब हुआ तेल था। कहने लगीं कि मैंने तुम्हारे सेहत के लिए भीख माँगी और यह सारी गन्दगी छुपाकर मुझे खाने को दी, कुछ-कुछ देर बाद वह हकीम बाशी के बताए जोशांदे को मेरी नाक पर बाँधतीं। उसी जोशांदे को जो बिना बुढ़ापे के मुझे देने के लिए तय किया गया था—पुरज़फ़ा, रूबेसास, काफ़ूर, परसिवुशान बबूने

कलहंस की चर्बी, अलसी का बीज, चीड़ का बीज, खाके शीर, माड़ और जाने क्या अल्लम-ग़ल्लम चीज़ें...

कुछ रोज़ पहले एक दुआ की किताब मेरे लिए लेकर आ:ई थीं जिस पर कई अंगुल धूल जमी हुई थी! न केवल किताब, दुआ, बल्कि किसी भी तरह की कोई किताब, लेखन और विचार जो घटिहा कहलानेवाले लोगों से सम्बन्ध रखते हों वह मेरे किसी काम के नहीं, क्या ज़रूरत है मुझे उनकी? इस तरह के झूठ और ढोंगों से मेरा क्या लेना-देना था। क्या मैं ख़ुद पुरानी नस्ल के सिलसिले का परिणाम नहीं हूँ? और पुरखों के अनुभवों का सार, क्या मेरे अन्दर नहीं बचा है? क्या अतीत मेरे अन्दर मौजूद नहीं था? लेकिन कभी मेरे अन्दर मस्जिद, अज़ान की आवाज़ और वज़ू आख-थू करना और झुकना और खड़े होना उस एक प्रभुत्व और सारे जहाँ के मालिक के सम्मुख, फिर उनसे अरबी भाषा में बातें करना; मुझ पर कोई प्रभाव नहीं छोड़ता था।

जब मैं सेहतमन्द था, कई बार ज़बरदस्ती मस्जिद गया हूँ और मेरी कोशिश रही कि मेरा दिल वहाँ के बाक़ी लोग के साथ एक हो जाए। मगर मेरी नज़रें काशीकारी-ए-लुआबी और मस्जिद की दीवारों पर बने नक़्श व निगार में अटक जातीं जो मुझे एक ख़ुशगवार सपनों की दुनिया में ले जातीं और एकदम से मैं इस तरीक़े से अपने लिए फ़रार की राह ढूँढ़ लेता था, हैरत होती। दुआ के समय मैं अपनी आँखें बन्द कर लेता और अपने हाथों की हथेली को अपने चेहरे के सामने कर लेता था। यह अन्दाज़ मेरा अपना आविष्कार किया हुआ था। कुछ उसी तरह से जैसे शब्दों को बिना किसी वैचारिक ज़िम्मेदारी के नींद में दोहराना। मैं दुआ पढ़ता था लेकिन उन वाक्यों का उच्चारण मन की गहराइयों से नहीं निकलता था, मुझे ख़ुदा से बात करने की जगह एक दोस्त से गप्पें मारना ज़्यादा पसन्द आता। क्योंकि सम्पूर्ण जगत के स्वामी तो मेरे सिर पर ढेरों थे।

जब मैं एक गर्म-नर्म बिस्तर में सोया पड़ा था, उस समय सारी समस्याओं की खोज मेरे लिए कोई महत्त्वपूर्ण बात न थी कि मैं यह जानने की

कोशिश करूँ कि क्या ईश्वर का अस्तित्व वास्तव में है या फिर यह केवल धरती पर हुकूमत करनेवालों के लिए एक रूपक भर है जो धर्मविज्ञान की चिरस्थायी दृढ़ता और अपनी प्रजा को कुचलने भर के लिए कल्पना कर बैठे हैं और इस बहाने ज़मीन को आसमान पर दिखाते हैं। मैं तो सिर्फ़ यह जानना चाहता था कि रात को सुबह तक गुज़ार सकता हूँ या नहीं। मुझे अनुभूति-सी हुई कि मौत के सामने धर्म, विश्वास, आस्था कितने सुस्त और बचकाना हैं और लगभग एक तरह का सैर-सपाटा है उन लोगों के लिए जो सेहतमन्द और ख़ुशक़िस्मत हैं। मृत्यु के यथार्थ और त्रास के सामने जो निराशा भरी ज़िन्दगी मैंने गुज़ारी है वह किस बात की सज़ा और इनाम है जिसका वायदा पुनर्जीवन के लिए किया गया था। वह फ़रेब भी रसहीन निकला और जो दुआएँ मुझे याद कराई गई थीं। वे भी मौत के भय के आगे बेअसर होकर रह गईं।

यह सच है, मौत का डर मेरा गरेबान नहीं छोड़ रहा था। जिन्होंने दर्द का मज़ा न लिया हो वह इन शब्दों का अर्थ नहीं समझ सकते हैं। ज़िन्दगी की अनुभूतियाँ इतनी मात्रा में मेरे अन्दर जमा हो चुकी थीं कि एक नन्हा सा पल ख़ुशी का भी मेरे दिल की धड़कन के ज़्यादा बढ़ जाने के कारण घंटों तक जुर्माना भरता रहता था।

मैं देख रहा था कि पीड़ा अपना वजूद रखती है मगर हर तरह के अर्थ और विचार से ख़ाली थी। मैं सभ्य कहलानेवाले घटिहाओं के बीच एक अजनबी और अनजानी नस्ल का बनकर रह गया था, जिसे वह पूर्णरूप से भुला चुके थे कि मेरा भी उसी पुरानी दुनिया से ताल्लुक़ है। बात जो भयानक थी वह मेरी अनुभूति थी कि न मैं जीवित लोगों में गिना जा सकता हूँ न मृत लोगों में! सिर्फ़ मैं एक हिलने-डुलनेवाली ज़िन्दा लाश भर था जिसका न सम्बन्ध-जीवित लोगों की दुनिया से रह गया था और न ही वह मृत्युलोक के विस्मरण और शान्ति से लाभ उठा सका।

रात के पहले पहर में जब मैं मंक़ल के पास से उठा तो दरीचे से बाहर नज़र डाली। एक वृक्ष काले रंग का क़स्साबी की दुकान के सामने पड़ा

दिखा, काली परछाइयाँ आपस में गड्डमड्ड-सी नज़र आईं। मुझे अनुभूति सी हुई कि हर चीज़ खोखली और वक़्ती है। आसमान काला और कोलतार का प्लास्टर किया पुरानी सियाह चादर की तरह लग रहा था जिसमें बेशुमार चमकीले तारे सूराख़ों की तरह लग रहे थे। ठीक उसी समय अज़ान की आवाज़ गूँजी। यह अज़ान बेवक़्त थी, शायद औरत, वही रंडी बच्चे को जन्म देने में व्यस्त थी और दर्द से चिल्ला रही थी। कुत्ते के रोने की आवाज़ भोर की अज़ान के बीच-बीच में सुनाई पड़ रही थी। मैं सोच में पड़ गया, 'अगर यह सच है कि हर एक, अपना एक सितारा आसमान पर रखता है तो मेरा सितारा शायद बहुत दूर, अँधेरे में डूबा हुआ हो; यह भी तो हो सकता है कि मेरा अपना कोई सितारा ही न हो!'

तभी पहरेदारों का एक झुंड नशे में डूबा गली से गुज़रा। आपस में हँसी-मज़ाक़ करता, एक-दूसरे पर बेहूदा जुमले कसता, उनकी आवाज़ मुझे सुनाई पड़ रही थी। उन्होंने अचानक कोरस में गाना शुरू कर दिया :

आओ चलें शराब पियें
मुल्क रे की शराब पियें
जो अभी नहीं पी तो फिर कब पियेंगे

मैंने घबराकर ख़ुद को पीछे कर लिया। उनके गाने की आवाज़ें एक ख़ास अन्दाज़ से फ़िज़ा में लहरा रही थीं। धीरे-धीरे कर उनकी आवाज़ें दूर होती गईं फिर आना बन्द हो गईं। नहीं, उन्हें मुझसे कोई काम नहीं था, उन्हें नहीं पता था...फिर से शान्ति और अँधेरा चारों तरफ़ फैल गया। मैंने कमरे में चर्बी का चिराग़ नहीं जलाया, अँधेरे में बैठना अच्छा लग रहा था, अँधेरे में, यह तरल बहता पदार्थ हर जगह और हर चीज़ को तरावट देता है। मुझे इसकी आदत-सी पड़ गई है, यह अँधेरा है जो मेरे गुम हुए विचारों, भूले हुए भय, विकराल विचार जिन पर विश्वास न आए, जो पता नहीं दिमाग़ के किस कोने में छुपे होते हैं, वे फिर से निकल आते हैं, उनमें जान सी पड़ जाती है वे चलने लगते हैं और मुझसे बदज़बानी पर उतर आते हैं। कमरे के

कोने, पर्दे के पीछे, दरवाज़े के किनारे से ये सारे विचार बिना चेहरे वाली आकृतियाँ मुझे धमकियाँ सी देती थीं।

उस जगह पर्दे के किनारे एक डरावनी आकृति बैठी थी न दुखी थी न ख़ुश थी। जब भी मुड़ता वह सीधे मेरी आँखों में देखती। उसकी सूरत मुझे पहचानी लगी जैसे कि बचपने में मैंने यह चेहरा देख रखा हो; एक दिन, नौरोज़ का तेरहवाँ रोज़* 'सीज़देह बदर' था। मैं दूसरे बच्चों के साथ सोरेन नहर के किनारे छुपन-छुपाई का खेल खेल रहा था, तभी यह दूसरी आम शक्लों के बीच यह चेहरा मुझे दिखा था। छोटा क़द, मज़ाक़िया और अहानिकर चेहरा, बड़ी समानता थी उस चेहरे की मेरे दरीचे के सामनेवाली दुक़ान के क़स्साब से। इसका साफ़ मतलब था कि यह आदमी मेरी ज़िन्दगी में पहले से मौजूद था और बारहा मैंने उसे देखा है, यानी कि यह चेहरा मेरा हमज़ाद था और मेरी सीमित ज़िन्दगी के अन्दर मौजूद था।

जैसे ही मैं उठा कि चर्बी का चिराग़ जला दूँ वह आकृति अपने आप धुँधली पड़ी और ग़ायब हो गई। आईने के सामने गया और चेहरे को ध्यान से देखा जो तस्वीर उस दर्पण में उभरी वह बड़ी अजनबी सी थी, क़तई यक़ीन के क़ाबिल नहीं और बेहद डरावनी भी थी। मेरा अक्स मुझसे कहीं ज़्यादा शक्तिशाली नज़र आया और मैं आईने में एक तस्वीर बन गया था। मुझे लगा कि मैं तन्हा अपनी तस्वीर के साथ इस कमरे में नहीं रह सकता हूँ। मैं डर गया अगर भागता हूँ तो वह मेरा पीछा करेगी, दो बिल्लियों की तरह जैसे जंग करने के लिए आमने-सामने आमादा खड़ी हों। मैंने अपना हाथ ऊपर उठाया और अपनी आँखों को ढक लिया ताकि हाथों की कलाई कभी न समाप्त होनेवाली अनन्त रात का समा पैदा करे। कम-से-कम वहशत भरी मेरी हालत एक विशेष मस्ती और बेसुधी से भरपूर थी, कुछ

* बसंत का महत्त्वपूर्ण दिन जब ईरानी शहर से बाहर जंगल और बाग़ की तरफ़ जाते हैं ताकि अपना रिश्ता (इनसान और प्रकृति) अपनी 'धरती माँ' से जोड़ सकें। यह शानदार तरीक़े से मनाते हैं।

इस तरह से कि मुझे चक्कर सा महसूस हुआ और मेरी जाँघें बेदम-सी हो गईं। जी मितलाने लगा। एकाएक मेरा ध्यान अपने पैरों की तरफ़ गया, क्या देखता हूँ कि मैं अपने पैरों पर खड़ा हूँ। यह मसला मेरे लिए अजीब था। मेरे लिए यह किसी चमत्कार से कम न था, यह कैसे हो सकता है कि मैं अपने पैरों पर खड़ा हो सकता हूँ? मुझे ऐसा लगा कि अगर मैं अपना एक पैर ज़रा-सा भी सरकाऊँगा तो मेरे शरीर का सन्तुलन बिगड़ जाएगा। मुझे चक्कर महसूस हो रहा था, ज़मीन और उस पर की हर चीज़ मुझसे कोसों दूर होती महसूस हो रही थी। मन में एक भयानक आरज़ू उभरी कि ज़मीन भूकंप और आकाश बज्रपात से पूरी तरह तबाह व बर्बाद हो जाए ताकि मैं दोबारा एक साफ़-सुथरी शान्तिमय दुनिया में जन्म ले सकूँ।

जब मैं अपने बिस्तर की तरफ़ जाना चाहता था, कई बार मैंने ख़ुद से कहा, "मौत...मौत" मेरे होंठ बन्द थे लेकिन मैं ख़ुद अपनी आवाज़ से भयभीत हो उठा। मेरे शरीर से पुरानी जिजीविषा चुक चुकी थी; मैं मक्खियों जैसा हो गया था जो पतझड़ ऋतु के आरम्भ में झुंड की झुंड कमरे में जमा हो जाती हैं। मक्खियाँ मरी-मरी सी सूखी-सूखी सी अवस्था में जो ख़ुद के परों की वज़-वज़ की आवाज़ से भयभीत हो उठतीं, काफ़ी देर तक बेहिस सी एक दीवार पर चिपकी रहतीं जैसे उन्हें पता चलता है कि वह जीवित हैं, ख़ुद का बदन दर दीवार से टकरातीं और उनमें से मरी हुई कमरे के फ़र्श पर गिर पड़तीं।

नींद से पलकें जैसे ही मुँदतीं एक धुँधली-सी दुनिया मेरे सामने उभरती। ऐसी दुनिया जिसका आविष्कार मैंने ख़ुद किया था जिसे मेरे विचार और अवलोकन प्रामाणिक बना देते जो हर तरह से मेरी जागती दुनिया के मुक़ाबले कहीं ज़्यादा सच्ची और सहज नज़र आती थी। जिसमें कोई रुकावट और बन्दिश मेरे विचारों और कल्पना के बीच में न आती। देश और काल का वहाँ कोई प्रभाव न था। यह मेरी दबी-कुचली कामवासना थी जो सपनों में जागती थी, यह बेदारी मेरी छुपी हुई ज़रूरतें थीं जो शक्लों और घटनाओं को जो यक़ीन के क़ाबिल नहीं थीं उसे सच्ची बनाकर मेरे सामने पेश करती थीं

और उस पल जब नींद से जागता तो अपने वजूद पर सन्देह करता और अपने देश-काल से पूरी तरह बेख़बर होता। जैसे कि ये सपने जो मैं देखता था मानो मैंने ख़ुद बनाए हों और इन ख़्वाबों के स्वप्नफल मैं पहले से जानता था।

रात काफ़ी गुज़र चुकी थी। मैं नींद में डूबा ख़्वाब देख रहा था कि मैं एक अजनबी शहर की गलियों में हूँ जहाँ के अजीब व ग़रीब घर, अंकों के आकार के, ठीक क़ैदखानों की तरह शंक्वाकार व चौकोर जिनकी खिड़कियाँ दरीचे छोटे और अँधेरे थे, जिनकी दर व दीवार के चारों तरफ़ नीलोफ़र के पौधे उगे हुए थे...वहाँ पर बड़ी आज़ादी से घूम रहा था और सुकून की साँसें ले रहा था। लेकिन इस शहर के लोग विचित्र मौत से मरे हुए थे। सब अपनी-अपनी जगह सूखे पड़े थे जिनके मुँह से निकली ख़ून की बूँदें उनके लिबास से बह नीचे तक आई हुई थीं। उनमें से जिसे हाथ लगाया उसका सिर टूटकर नीचे आन गिरा।

एक क़स्साब की दुकान पर पहुँचा तो क्या देखता हूँ एक बूढ़ा आदमी ख़ेज़रपेंज़री की शक्ल व सूरत वाला मेरे घर के सामने बैठनेवाले की तरह गर्दन में शाल लपेटे एक हाथ में चाक़ू पकड़े, लाल आँखों के साथ...जैसे उसकी पलकों को काट दिया गया हो...मुझे हैरत से घूर रहा था, मैं चाहता था आगे बढ़कर उसके हाथ में थामा चाक़ू ले लूँ तभी उसका सिर कटकर गिर गया और ज़मीन पर लुढ़क गया। यह देखकर मैं वहाँ से भागा और गलियों में दौड़ता चला गया, जिसे भी मैंने रास्ते में देखा उसे अपनी जगह जमा हुआ पाया। अपनी पीठ के पीछे मुड़कर देखने में मुझे डर लग रहा था, जैसे ही पत्नी के पिता के घर के सामने पहुँचा...उसी रंडी का छोटा भाई... सीढ़ियों पर बैठा नज़र आया, जेब से दो बिस्कुट निकाला और चाहता था कि उसे दे दूँ। जैसे ही मेरे हाथ का स्पर्श उसे लगा,उसका सिर कट गया और ज़मीन पर आन गिरा, यह देख मैं चीख़ने लगा तभी मेरी आँख खुल गई।

अभी पौ पूरी तरह फटी नहीं थी। मेरा दिल ज़ोर-ज़ोर से धड़क रहा था। ऐसा लग रहा था जैसे कमरे की छत सिर पर बोझ बनकर लद गई

थी और कमरे की दीवारें ज़रूरत से ज़्यादा चौड़ी व मोटी हो गई थीं। लग रहा था कि मेरा सीना चटख जाएगा। आँखें अस्त-व्यस्त सी थीं। काफ़ी देर तक मैं कमरे के अँधेरे को वहशतज़दा सा चकित नज़रों से घूरता रहा, उन्हें गिनता रहा और दोबारा फिर से शुरू कर दिया—जैसे ही आँखों को ज़बरदस्ती बन्द किया, आवाज़ सुनाई पड़ी, ननजून कमरे में झाड़ू देने आ चुकी थी। मेरा नाश्ता उन्होंने कमरे के ऊपर दोछत्ती में रख दिया था। मैं दोछत्ती पर गया और दरीचे के सामने बैठ गया, ख़ेज़रपेंज़री अपने कमरे में नज़र नहीं आया। बाईं तरफ़ क़स्साब ज़रूर नज़र आया। उसके तौर-तरीक़े दरीचे से बड़े डरावने, गम्भीर और बड़े नपे-तुले मुझे नज़र आते थे, उससे भी ज़्यादा मज़ाक़िया और बेचारगी भरे! इस आदमी को क़स्साबी का काम नहीं करना चाहिए था क्योंकि वह तरह-तरह की अदाएँ दिखाता था। सूखे, काले, कमज़ोर टट्टू जो अपने दोनों तरफ़ भेड़ों को लादे हुए थे बेहद सूखी खाँसी खाँस रहे थे। क़स्साब ने अपने चर्बी लगे हाथ अपनी मूँछों पर फेरे और ख़रीदारी वाली दृष्टि से भेड़ों को तौला, फिर उनमें से दो को बड़ी मुश्किल से उठाया और दुकान से लटकते क़ुलाबों में टाँग दिया। फिर बड़े प्यार से भेड़ की रान पर हाथ फेरा, यह जब रात को अपनी बीवी के बदन को सहलाता होगा तो ज़रूर भेड़ों के ख़ाल उतरे बदन को याद करता होगा और सोचता होगा कि अगर अपनी बीवी को हलाल करेगा तो कितने पैसे कमा लेगा।

झाड़ू जैसे ही ख़त्म हुई मैं अपने कमरे में लौट आया और मन-ही-मन निश्चय किया, बेहद ख़तरनाक निश्चय, अपनी सामान वाली कोठरी में गया, हड्डी के दस्ते वाले चाक़ू जो मेरे पास था, उसे सन्दूक़ची से बाहर निकाला, अपनी अबा के दामन से उसकी धार को पोंछा और अपने तकिए के नीचे छुपा दिया। यह निश्चय तो मैंने बहुत पहले ही ले लिया था लेकिन मैं नहीं जानता कि उस क़स्साब की हरकतों में ऐसा क्या था जब वह भेड़ों को टुकड़ों-टुकड़ों में काटता और उनको तौलता फिर बड़ी तारीफ़ी नज़र से उन्हें देखता कि मैं भी एकदम से प्रोत्साहित हो उठता कि उसकी नक़ल

करूँ। मेरे लिए जैसे ज़रूरी हो गया था कि मैं भी इस आनन्द को महसूस करूँ। मेरे कमरे के दरीचे के बीच बादलों में, एक गहरा सूराख़ एकदम नीले रंग का आसमान पर नज़र आ रहा था, उसे देखकर ऐसा लगा जैसे यह मेरे लिए है कि मैं इस रास्ते से ऊपर जा सकता हूँ, एक बेहद लम्बी सीढ़ी पर चढ़ता हुआ। क्षितिज के पास पीले घने मौत के बादलों ने आसमान के किनारों को इस तरह छेक लिया था जैसे सारे शहर की धरती पर वह नीचे उतरने के लिए आतुर हो रहे हों।

अजीब तरह की वहशतनाक और मस्तानी हवा चली कि मै ज़मीन की तरफ़ झुक सा गया, हमेशा यह हवा मुझे मौत की चिन्ता में डाल देती थी। लेकिन अब तो मौत लहू भरे चेहरे और हड्डियों वाले हाथों से मेरा टेंटुवा दबाए हुए थी, इस समय सिर्फ़ निश्चय किया, लेकिन पहले यह निश्चय कर चुका था कि इस रंडी को अपने साथ लेकर जाऊँगा ताकि बाद में यह न कह सके, "ख़ुदा उन्हें बख़्शे, राहत मिली!"

उसी वक़्त मेरे दरीचे के सामने से एक ताबूत गुज़रा। चेहरे पर काली चादर पड़ी हुई थी और उसके ऊपर मोमबत्ती जला रखी थी। मुझे लाइलाहा इल्लल्लाह की आवाज़ ने उधर देखने पर मजबूर किया। वहाँ से गुज़रनेवाले राहगीरों ने उसे जाने को रास्ता दिया और अपने काम में लगे लोग सब कुछ छोड़ उस अर्थी के साथ सात क़दम चलने के लिए साथ हो लिए और फिर अपनी दुकानों पर लौट गए। यहाँ तक कि क़स्साब भी काम छोड़कर मय्यत के पीछे गया था। मगर बूढ़ा बिसाती अपनी ज़मीन पर फैली दुकान से हिला तक नहीं। सारे लोग कैसी गम्भीर सूरत बनाए हुए थे जैसे वह मौत के दर्शन में डूब गए थे। दाई मेरे लिए जोशांदा लेकर आई, उनकी त्योरियों पर बल थे। बड़े दानों वाली तस्बीह उनके हाथ में थी, उसे फेंका और ख़ुद ही कहने लगी, नमाज़ पढ़कर मेरे दरवाज़े के पीछे आकर ऊँची आवाज़ में तिलावत शुरू कर दी, "इल...ला...हुम..."

कुछ इस तरह से जैसे कि मैं ज़िन्दों को क्षमा करने के काम पर तैनात था। लेकिन यह सारी नौटंकीबाज़ी का कोई प्रभाव मुझ पर नहीं पड़ा। उलटा

मुझे राहत-सी मिली कि ये इनसान कहलाए जानेवाले घटिहा चाहे कुछ देर के लिए सही झूठ का इज़हार करते हैं तो कम-से-कम मेरे भोगे यथार्थ से पलभर के लिए ही सही, गुज़रते तो हैं; क्या मेरा कमरा एक ताबूत नहीं था? मेरा बिस्तर क़ब्र से ज़्यादा ठंडा और अँधेरा नहीं था? मेरा बिस्तर हमेशा बिछा रहता और मुझे सोने की दावत देता! कई बार मैं इस ख़याल से गुज़रा कि मैं ताबूत में लेटा हूँ, रातों को यह कमरा इतना सिकुड़ जाता कि मुझे दबाने लगता। क्या क़ब्र में यही अहसास नहीं होता? क्या किसी को मरने के बाद के अनुभव की ख़बर है?

मृत्यु के पश्चात् ऐसा होता है कि ख़ून बदन में जम जाता है और एक दिन और रात के बाद बदन के कुछ अंग गलने लगते हैं। तो भी मरने के कुछ दिनों बाद तक सिर के बाल और नाख़ून बढ़ते रहते हैं। क्या दिल के ठहर जाने के बाद विचार और भावनाएँ भी ख़त्म हो जाती हैं या फिर तब तक जब तक एक क़तरा ख़ून का सूखने से बचा रहता है। ज़िन्दगी अस्पष्टता का पीछा करती रहती है। मौत का अहसास, ख़ुद में एक ख़ौफ़ है फिर उनके बारे में क्या सोचना जो ख़ुद को मुर्दा समझते हैं। बूढ़े हैं जो होंठों पर मुस्कान लिए मरते हैं जैसे कि वह सोते में सोते चले गए या इस तरह जैसे तेल का चिराग़ बुझ जाता है। एक मज़बूत जिस्म का जवान अचानक मर जाता है और उसके बदन की सारी ताक़तें अन्तिम क्षण तक मौत से लड़ती हैं, वह क्या सोचता होगा?

बार-बार मैं मौत और बदन के ज़र्रात के बारे में सोचता, उनकी विवेचना और अवलोकन करता, इस तरह से मौत का यह ख़याल मुझे डराता नहीं था, उसके उलट मेरे दिल की गहराइयों से यह इच्छा उठती थी कि मैं ख़त्म हो जाऊँ। जिस बात से मैं सचमुच डरता था कि कहीं मेरे बदन के ज़र्रे इनसान कहे जानेवाले घटिहाओं के बदन में न प्रवेश पा लें। यह सोच मेरे लिए असहनीय थी। कभी दिल चाहता कि मौत के बाद मैं अपने लम्बे संवेदनशील होंठों और उँगलियों से अपने बदन का हर कण बड़े ध्यान से जमा करूँ और दोनों हाथों के बीच उसे इस तरह सुरक्षित रखूँ कि जो

मेरे बदन के कण मेरी अपनी धरोहर हैं, वे किसी भी तरह से इनसान कहे जानेवाले घटिहाओं के तन तक न पहुँच पाएँ!

कभी-कभी ग़ौर करता हूँ कि वह सब जो मैंने देखा है। वे जो मौत के क़रीब हैं उन्होंने भी देखा होगा। उत्तेजना, घबराहट, निराशा और इच्छाएँ, ज़िन्दगी मेरे अन्दर गहरे बैठ गई थी और वे विश्वास जो दूर से मुझे सिखाए, पढ़ाए गए थे अजीब तरह का सुकून मुझे पहुँचाते। अकेली चीज़ें जो कुछ हौसला देती वह थी नश्वरता, दोबारा ज़िन्दगी जीने का ख़याल मुझे बुरी तरह थकाता और मायूस करता था, जिस दुनिया में जी रहा था जब उससे लगाव पैदा न कर पाया तो दूसरी दुनिया मेरे किस काम की होगी? मेरा अपना ऐसा विचार है कि यह दुनिया मेरे लिए नहीं बनी है बल्कि कुछ घमंडी, बेहया बेहूदों, माँगने की प्रवृत्ति रखनेवालों, सूचना बेचनेवालों, नज़रों और दिल से भूखे-नंगे लोगों—उन लोगों की मुनासिबत से यह दुनिया बनी है जो ज़मीन और आसमान के ख़ुदा हैं। बतौर मिसाल भूखा कुत्ता जो एक छीछड़े के लिए क़स्साबी की दुकान के आगे दुम हिलाता है, लोग ख़ुशामदें करते, भीख माँगते हैं।...दूसरी ज़िन्दगी का विचार मुझे थकाता और डराता है, नहीं, हरगिज़ नहीं, मैं ज़रूरत नहीं समझता इस क़ै करनेवाली दुनिया और लानती चेहरों को देखने की, मगर ख़ुदा यह दिखाने पर आमादा था कि ऐसी दुनिया बार-बार मेरी नज़रों के सामने से गुज़रे। लेकिन मैं झूठी ख़ुशामदें नहीं कर सकता हूँ मेरी आरज़ू थी कि यदि मुझे एक और ज़िन्दगी गुज़ारनी है तो मेरे होश व हवास शिथिल पड़ जाएँ और मैं बिना कष्ट के साँस ले सकूँ। थकन महसूस करने से पहले शिव मन्दिर के खम्भों के साए में अपनी ज़िन्दगी गुज़ार सकूँ, ताकि सूरज की किरणें मेरी आँखों में न चुभें। इस तरह लोगों की बातें मेरे कानों में पिघला सीसा न उड़ेलें।

जितना मैं अपने अन्दर की गहराई में जाता हूँ,उन कीड़े-मकोड़ों की तरह जो शीत ऋतु में अपने बिलों में छुप जाते हैं उतना ही क़रीब से मैं

दूसरों की आवाज़ों को कानों से सुनता हूँ और ख़ुद की आवाज़ को अपने गले से। तन्हाई और एकान्तप्रियता जो मेरे अवचेतन में छुपी हुई है वह ठीक अनादिकाल की रातों की तरह गाढ़ी और पहाड़ बनी हुई थी, रातें जो अँधेरे से चिपकी, ढीठ और घनीभूत थीं। शहरों के अकेलेपन पर उतरने को बेचैन... जो कामवासना और प्रतिशोध के सपनों में लीन थीं। लेकिन मैं इस गले के सामने ख़ुद मौजूद था फ़क़त एक पक्के सबूत और मजनूपन के अलावा कुछ न था। सृजन के समय का दबाव जैसे तन्हाई को कम करने के लिए दो लोग आपस में आलिंगित होते हैं और नतीजे में वही जुनूनी कैफ़ियत जो हर इनसान में जन्मजात मौजूद होती है। इस अफ़सोस की घुलावट के साथ कि धीरे-धीरे वह मौत की गहराइयों की तरफ़ खिंच रहा है।

तन्हा मृत्यु है जो कभी झूठ नहीं बोलती है।

मृत्यु के समक्ष सारे अन्धविश्वास दम तोड़ देते हैं। हम वास्तव में मौत की औलादें हैं, यह मौत ही है जो हमको ज़िन्दगी के फ़रेब से निजात दिलवाती है और वही है जो हमें ज़िन्दगी की तह में आवाज़ देती है और अपनी तरफ़ बुलाती है। उस उम्र में जब हम लोगों की ज़बान पूरी तरह समझ नहीं पाते हैं अगर कभी-कभार खेल के बीच मध्यान्तर करते हैं सिर्फ़ इसलिए ताकि मौत की आवाज़ सुन सकें, यही मौत है जो हमें इशारा करती है। क्या हर किसी के लिए यह संयोग नहीं आता कि बिना कारण वह विचारों में डूब जाए और इतना गहरा डूब जाए कि उसे देश और काल की ख़बर न हो कि वह आख़िर किस चीज़ के बारे में सोचता है? उस समय, उस पल के बाद वह ज़ाहिरी दुनिया और अपने परिवेश के बारे में जानकारी ले, उससे फिर से परिचित हो, यह मौत की आवाज़ है।

इस नम पड़े बिस्तर जिसने पसीने की बू को अपने अन्दर समो लिया था, उस वक़्त जब मेरे पपोटे भारी हो गए और मेरी इच्छा हुई कि मैं ख़ुद को नश्वरता और कभी न समाप्त होनेवाली रात के हवाले कर दूँ, उस लम्हे गुमशुदा यादें और भूले हुए सारे डर फिर से मेरी जान को लग गए : कहीं तकिए में भरे सारे पंख ख़ंजर और तलवार न बन जाएँ, मेरे पहने कपड़े

'स्तरेहाम' के सारे बटन बड़े होकर चक्की के पाट में न बदल जाएँ। डर यह भी सता रहा था कि लवाशी* रोटी का टुकड़ा ज़मीन पर गिर शीशे की तरह चूर-चूर न हो जाए। घबराहट यह भी थी कि कहीं चर्बी का चिराग़ ज़मीन पर गिरकर सारे शहर को आग न लगा बैठे। इस बात की फ़िक्र भी कि कहीं हमारे घर के हौज़ के फ़र्श पर रहनेवाले नन्हे-नन्हे कीड़े हिन्दुस्तानी साँप में न बदल जाएँ। यह सोचकर दिल हौलने लगा कि अकस्मात्, अपनी बिसात के पीछे बैठे बूढ़े गर्द खेंज़रपेंज़री पर इस तरह हँसी का दौरा पड़ जाए कि वह अपने हँसने पर रोक न लगा पाए। इस ख़याल से दिल काँप रहा था कि कहीं बिस्तर क़ब्र में न बदल जाए और अपनी चूलों व क़ब्ज़ों के संग हिलते-हिलते मुझे दफ़न न कर दे और संगमरमर जैसे सफ़ेद दाँतों का जबड़ा आपस में ऐसा जुड़ जाए कि कभी खुले ही न और इस डर से मेरी आवाज़ न चली जाए कि मैं जितना भी पुकारूँ मेरी मदद को कोई न पहुँच पाए...

मेरी ख़्वाहिश थी कि मुझे किसी तरह अपना बचपन याद आ जाए और जब याद आया, उसे महसूस किया। वह भी उन दिनों की तरह सख़्त और दर्दभरा था!

अपनी खाँसी की आवाज़ जैसे क़स्साब की दुकान के सामने खड़े काले सूखे बदन के टट्टुओं की खाँसी से मिलती-जुलती लगी। इस डर और दबाव के साथ कहीं उसमें ख़ून के थक्के न आ जाएँ। यह लाल नमकीन, गर्म तरल पदार्थ जो बदन के अन्दर से आता है। इस बदन के रस को मजबूरन थूकना पड़ता है। मौत की लगातार धमकियाँ जो अपनी तरफ़ लौटनेवाले सारे विचारों को रौंदती गुज़र जाती थीं और भय व निराशा तारी कर देती थीं।

ज़िन्दगी बड़ी बेमुरौवती और निष्ठुरता के साथ हर किसी का ज़ाहिरी चेहरा बनाती है, इस तरह से एक आदमी अपने लिए कई चेहरे रखता है। कुछ लोग इन चेहरों में से सिर्फ़ एक ही चेहरे का लगातार इस्तेमाल करते

---

* रूमाली रोटी से बड़ी और बेहद पतली रोटी। उसे इकट्ठा ख़रीदकर ईरानी कपड़े की तरह तह करके फ्रिज में रखते हैं और समय-समय पर खाते हैं।

हैं जिसके कारण क़ुदरती तौर पर उस पर असर पड़ता है और वह गन्दे और झुर्रियों से भर जाते हैं इस तरह के लोग कमख़र्च होते हैं। दूसरी तरह के लोग केवल जीवन-मरण पर विश्वास रखते हैं और चेहरे अपनी आनेवाली पीढ़ी के लिए छोड़ जाते हैं। कुछ और लोग हैं जो बार-बार अपना चेहरा बदलते हैं मगर जब ढलती उम्र पर पहुँचते हैं तो समझ जाते हैं कि यह उनका आख़िरी चेहरा है जो जल्द ही तबाह व बर्बाद हो जाएगा। तब उनका अन्तिम चेहरा चेहरों के बीच से असली रूप में निकलता है।

पता नहीं मेरे कमरों की दीवारों में ऐसी कौन-सी ज़हरीली तासीर थी जिसने मेरे विचारों में विष भर दिया था। मुझे जैसे यक़ीन हो चला था कि मरने से पहले एक ख़ूनी आदमी,एक ज़ंजीरों में बँधा पागल इस कमरे में मौजूद था न सिर्फ़ मेरे कमरे की दीवारें बल्कि बाहरी दृश्य, यह मर्द क़स्साब, बूढ़ा आदमी ख़ेज़रपेंज़री, मेरी दाई और वह बदचलन औरत, इसके अलावा जिस किसी को भी मैंने देखा था,...मैं जिस प्याले में जौ का सूप पीता और जो कपड़े पहनता था..., इन सबने जैसे एका कर लिया था कि यह विचार मेरे दिल व दिमाग़ में बिठा दें।

9

कई रात पहले शाहनशीन हमामख़ाने में कपड़े उतार रहा था। मेरे विचार बदल गए। उस्ताद हमामख़ाने मे जैसे ही मेरे सिर पर पानी डाला लगा मेरे काले विचार घुल गए। मैंने पानी की बूँदों से भरी हमाम की भीगी दीवार पर अपने बदन की छाया देखी। मैं उतना ही कमज़ोर और दुला पतला लगा जैसे दस साल पहले, जब मैं बच्चा था। मुझे याद आया कि तब इसी तरह बूँदों से भरी हमाम की दीवार पर मेरी छाया पड़ती थी। अपने बदन को मैंने ध्यान से देखा, जाँघ, पैर, पंजे और बदन के बीच के हिस्से में कामवेग की नाउम्मीद शिथिलता नज़र आई।

उनकी छाया भी दस साल पहले वाली ही पड़ रही थी जब मैं बच्चा था। महसूस हुआ कि मेरी ज़िन्दगी हमेशा से एक छाया की तरह भटकती, काँपती इस हमाम की बूँदों भरी भीगी दीवारों पर लक्ष्यहीन, अर्थहीन सी गुज़रती रही है। लेकिन दूसरे लोग तगड़े, मज़बूत, हट्टे-कट्टे थे जिनकी छाया बूँदों से भरी भीगी हमाम की दीवारों पर रंगीन और बड़ी-बड़ी दिखती होगी जो देर तक टिकती भी होगी, जबकि मेरी छाया बहुत जल्दी साफ़ हो जाती थी। मैंने जैसे ही नहाने के बाद कपड़े बदले मेरे विचार अचानक बदल गए। मेरा चेहरा, मेरे तौर-तरीक़े भी। ऐसा लगा जैसे कि मैं एक नई दुनिया एक नए माहौल में पहुँच गया हूँ उसी दुनिया में जिससे मुझे नफ़रत थी। दोबारा इस दुनिया में पैदा हुआ हूँ जैसा भी हो मैंने ज़िन्दगी को दोबारा

हासिल किया था। मेरे लिए यह किसी चमत्कार से कम नहीं था कि गर्म हमामख़ाने में एक डले नमक भर भी मैं घुला नहीं था!

मेरी ज़िन्दगी, ख़ुद मेरी नज़र में असहज नामालूम और अविश्वसनीय सी दिखती थी कि मैं क़लमदानों के चमड़े के ख़ोलों पर बनी तस्वीर पर लिखने में व्यस्त हूँ जैसे कि एक शक्की चित्रकार ने जुनूनी कैफ़ियत में इन क़लमदानों पर रेखाएँ खींची हों। जब भी इस चित्र को देखता हूँ तो मुझे यह तस्वीर बहुत जानी-पहचानी सी लगती है शायद यह चित्र मुझे लिखने के लिए मजबूर करे। एक सर्व का दरख़्त बना हुआ जिसकी छाया में एक मर्द कूबड़ निकाले ठीक हिन्दुस्तानी जोगियों की तरह पालथी मारे अपने बदन के चारों तरफ़ अबा लपेटे और सिर पर साफ़ा बाँधे, अपने बाएँ हाथ की तर्जनी को हैरत से अपने होंठों पर रखे हुए बैठा है। उसके ठीक सामने काला लम्बा लिबास पहने, एक असहज मुद्रा में, शायद बोगाम दासी (देवदासी) उस बूढ़े के सामने नाच रही है। एक नीलोफ़र का फूल भी वह हाथ में लिये हुए है। उनके बीच में एक पतली जलधारा का फ़ासला भर है।

तिरयाक खींचते हुए उसके उठते नाज़ुक धुएँ की पर्तों में अपने सारे काले ख़यालात उड़ा दिए। तब महसूस हुआ जैसे मेरा जिस्म कुछ सोचना चाहता है, कोई सपना देखना चाहता हो, वह काँप रहा था वह धरती के आकर्षण और हवा की गन्दगी से पूरी तरह आज़ाद हो चुका था और एक अनजान दुनिया में अजनबी रंगों और तस्वीरों के साथ उड़ रहा था। तिरयाक, एक हल्के नशे वाली वनस्पति की आत्मा, उसकी थिरकन, मेरे अन्दर दौड़ रही थी और मैं वनस्पति की दुनिया में सैर कर रहा था। ख़ुद वनस्पति बन गया था? उसी तरह मनक़ल के आगे बैठा तिरयाक का कश खींच रहा था, मेरे कन्धों पर मेरी अबा पड़ी थी, पता नहीं कैसे मुझे अचानक वह बूढ़ा मर्द ख़ेंज़रपेंज़री याद आ गया। वह भी तो इसी तरह अपनी बिसात के सामने झुका बैठा रहता है जैसे मैं इस समय बैठा हूँ। इस ख़याल से मुझे इतनी वहशत सी हुई कि मैं खड़ा हुआ और अबा को कन्धे से नोच दूर फेंका।

आईने के सामने जाकर खड़ा हुआ, चेहरा फूला-फूला था और क़स्साब की दुकान पर लटके गोश्त की रंगत का हो रहा था। मेरी दाढ़ी भी बढ़ी हुई थी। चेहरे पर एक रूहानी आकर्षण उभर आया था। आँखें थकी, उदास, बीमार छोटी-सी लग रही थीं जैसे कि ज़मीनी आकर्षण के चलते सारे लोग मेरे अन्दर घुल गए थे। मुझे अपना चेहरा बहुत प्यारा लगा। एक तरह की कामुकता का सुख ख़ुद अपने आपसे महसूस किया। आईने के आगे खड़े-खड़े ख़ुद से कहने लगा, "तेरा ग़म इतना गहरा है कि तेरी आँखों में फँसकर रह गया है...अगर तुम रोए तो आँखों से आँसू गिरेगा या हक़ीक़त यह है कि नहीं गिरेगा...?" बाद में ख़ुद से कहने लगा..."तुम पूरे मूर्ख हो, क्यों नहीं, अपना ख़ात्मा जल्द से जल्द कर डालते हो? किसका इन्तज़ार है तुम्हें...किससे उम्मीद लगा रखी है तुमने? क्या छोटी बोतल शराब की तुम्हारी सामान वाली कोठरी में नहीं रखी है?...एक घूँट पी लो, सदा के लिए नशे में डूब जाओगे! अहमक़...तुम ख़ुद अहमक़ हो...मैं तो हवा में बातें कर रहा हूँ!"

मुझे जो विचार आते उनका आपसी कोई तालमेल न होता। मैं अपनी आवाज़ को अपने गले में सुनता मगर शब्दों के अर्थ पल्ले न पड़ते। इन आवाज़ों के साथ दूसरी आवाज़ें गड्डमड्ड हो जातीं, ठीक उसी तरह जब मैं बुख़ार में तप रहा था, तब मुझे अपने हाथों की उँगलियाँ पहले से कहीं लम्बी नज़र आतीं। पलकें भारी लगतीं, होंठ मोटे हो जाते। तभी मैं पलटा तो देखा दाई दरवाज़े की चौखट पर खड़ी हैं। मैं क़हक़हा मारकर हँसा, दाई की सूरत वैसे ही भावहीन रही। आँखें बेनूर जो ख़ाली-ख़ाली सी मुझ पर टिकी थीं। उन आँखों में न ताज्जुब था न ग़ुस्सा और न ही उदासी थी। ज़्यादातर मूर्खतापूर्ण बातों पर हँसी आती है मगर मेरी हँसी उससे कहीं ज़्यादा गहराई लिये हुए थी। वह नादान बुज़ुर्ग जो दुनिया की दूसरी चीज़ों के जानने में पिछड़ गए हों उनके लिए यह समझना कठिन था कि इस हँसी का सिलसिला कहाँ से है। जो भी रात के अँधेरे में आज तक गुम हो चुका है। वह इनसानी रफ़्तार से आगे मौत है। दाई ने मनक़ल उठाया

और नपे-तुले क़दमों से बाहर चली गईं। अपने माथे पर आए पसीने को मैंने साफ़ किया! मेरे हाथ की हथेली पर सफ़ेद धब्बे उभर आए। दीवार का सहारा लेकर मैं बैठा और सिर को खम्भे से लगाया जैसे मेरी तबीयत सँभल गई हो। इसके बाद जाने कहाँ सुना हुआ यह तराना मैं अपने आप गुनगुनाने लगा :

आओ चलें शराब पियें,
मुल्क रे की शराब पियें,
जो अभी नहीं पी, तो कब पियेंगे?

हमेशा दोपहर से पहले मुझ पर एक अजीब तरह की बेचैनी तारी हो जाती थी। दिल पर उदासी और बेक़रारी-सी छाने लगती जैसे सारा ग़म दिल पर जमा हो गया हो। बतौर मिसाल तूफ़ान आने से पहले का मौसम, उस समय मैं अपनी वर्तमान स्थिति से कट के रह जाता था और एक बेहद रौशन दुनिया में साँस लेने लगता, जिसकी दूरी इस दुनिया से नापना बहुत कठिन था।

ऐसे अवसरों पर मैं ख़ुद से भयभीत हो उठता, सभी से डरने लगता जैसे यह हालत नाख़ुशी की हो। इसलिए भी कि मेरी सोच कमज़ोर हो गई थी। दरवाज़े के सामने जैसे ही क़स्साब और खेंज़रपेंज़री को देखता डर जाता था। पता नहीं उनके चेहरों और हरकतों में ऐसा क्या था जो डरावना लगता था। दाई ने मुझसे बड़ी सदमा भरी बात बताई थी। मुझसे कहने लगी, मैं पीर और पैग़ंबर की क़सम खाकर कहती हूँ कि मैंने बूढ़े मर्द खेंज़रपेंज़री को रातों को आते देखा है और मेरी बीवी के दरवाज़े पर कान लगाकर उसने सुना है कि वह बदचलन उससे कह रही थी, "अपनी गर्दन में पड़ी शाल उतार दो।" कुछ भी सोचा नहीं जा सकता है। परसों या नरसों जब मैं चिल्लाया और मेरी बीवी आई थी। दरवाज़े की चौखट से मैंने ख़ुद देखा था, इन्हीं आँखों से देखा था कि गन्दे दाँतों, पीले कीड़े लगे दाँतों वाले बूढ़े के मुँह से अरबी की आयतें इन्हीं के बीच से निकलती हैं। मेरी बीवी के

चेहरे पर उनके निशान देखा था आख़िर क्यों यह मर्द जब से मैंने शादी की है तब से मेरे घर के सामने नज़र आने लगा? आया घुड़सवार 'खाकस्तर नशीन' (गहरे रंग के घोड़े का सवार) था। क्या उस बदचलन औरत पर घुड़सवारी कर रहा था?

मुझे अच्छी तरह याद है कि मैं उसी रोज़ उस बिसाती की दुकान पर पहुँचा था और उस पात्र की क़ीमत पूछी थी। शाल के बीच से दो कीड़े लगे दाँत अधकटे होंठों के बीच से बाहर दिखे, हँसा, एक ऐसी खरखराती घिनौनी हँसी...जिसे सुनकर आदमी के बदन के रोंगटे खड़े हो जाएँ। कहने लगा, "बिना देखे ख़रीदना चाहते हो? इस पात्र की क्या क़ीमत हो सकती है, आपके क़ाबिल नहीं, हाँ, ले लो, जवान मुबारक होगा।"

मैंने जेब में हाथ डाला दो दिरहम व चार पशीज़ निकालकर ज़मीन पर बिछी उसकी बिसात के किनारे रख दिया। वह फिर हँसा, एक बेहद सूखी भयानक हँसी जिसे सुनकर आदमी के बदन के रोंगटे खड़े हो जाएँ। मैं शर्म के मारे चाहता था ज़मीन में गड़ जाऊँ, अपने चेहरे को हाथों में छुपाए लौट आया।

उसकी बिसात के आगे लगी चीज़ें जंग की बू और गन्दी बेकार की फ़ुज़ूल चीज़ों जिनको नाक़ारा कहा जा सकता था उसकी महक से भरी हुई थीं। शायद उसका इरादा हो कि इस तरह की बेकार चीज़ों को जो ज़िन्दगी में अब काम आनेवाली नहीं हैं उन्हें आते-जाते लोगों को दिखाए। वह ख़ुद बूढ़ा और नाकारा नहीं था? बिसात पर फैली सारी चीज़ें टूटी-फूटी, गन्दी और मुर्दा हालत में थीं। लेकिन उनकी शक्लें कितनी अर्थपूर्ण और ज़िन्दगी के प्रति हठ से भरी हुई। यह मुर्दा बेकार चीज़ें मुझ पर वह असर डालती थीं जो ज़िन्दा लोग भी, चाहने के बावजूद नहीं डाल पाते थे।

लेकिन दाई ननजून मेरे लिए एक ख़बर लाई थीं, सभी को बता चुकी थीं...एक गन्दे फ़क़ीर के साथ! दाई ने कहा कि मेरी बीवी के बिस्तर पर उसने जुएँ और चीलर छोड़ी थीं और ख़ुद हमामख़ाने चला गया। उसकी पसीने में डूबी छाया हमाम की दीवार पर कैसी लग रही होगी? बिलकुल

ऐसी जैसे एक कामवासना की रसिकता से भरी छाया जिसे ख़ुद से उम्मीदें हों लेकिन इसी के साथ मुझे इस बार अपनी बीवी की पसन्द बुरी नहीं लगी। क्योंकि बूढ़ा ख़ेंज़रपेंज़री एक बेमज़ा, बिगड़ैल, मामूली मिसाल के तौर पर उन मर्दों में से नहीं था जो इस तरह की बेवकूफ़ व हवसपरस्त औरतों का ध्यान अपनी तरफ़ खींच सकता। यह दर्द, ऐसी बदक़िस्मती जो इस बूढ़े आदमी के सिर पर बरस रही थी, वह सारी लानतें जो उस पर भेजी जा रही थीं। उसकी शायद उसे ख़बर भी न हो कि उसे एक छोटा ख़ुदा बनाकर बिठा दिया गया है उस गन्दी बिसाती की दुकान के सामने जिसका वह प्रतिनिधि और सृष्टि का रूपक था।

हाँ, दो कीड़े खाए पीले दाँतों के बीच से अरबी आयतों की आवाज़ बाहर फूटती थी जिसके निशान अपनी पत्नी के चेहरे पर पड़ा देख चुका था। उसी औरत के पास जो मुझे अपने आसपास फटकने भी नहीं देती थी जिसने आज तक मुझे अपने होंठों का चुम्बन तक नहीं लेने दिया था।

सूरज पीला था। नक़्क़ारे की चुभती आवाज़ बुलन्द हो रही थी। माफ़ी और अपनी कमियों की प्रतिध्वनियाँ जो विरासत में मिली थीं, अँधेरे के भय से याद आ रही थीं। मुसीबत से भरी घड़ी जिसे मैं हर दिन महसूस करता था, वह आ चुकी थी। एक झुलसा देनेवाली हरारत ने मुझे सिर से पैर तक अपनी गिरफ़्त में ले लिया था। ऐसा लगा जैसे मेरा दम घुट रहा है किसी तरह अपने बिस्तर तक पहुँचा और आँखें बन्द कर, बेहाल-सा पड़ गया। बुख़ार की तेज़ी ने हर चीज़ को बड़ा और हाशिएदार बना दिया था। छत नीचे के बजाय ऊपर जाती हुई दिखने लगी, कपड़े बदन को कसने लगे और मैं व्याकुल हो बिस्तर से उठकर बैठ गया और अपने आप बड़बड़ाने लगा!

"इससे ज़्यादा मुमकिन नहीं...अब सब्र नहीं होता..." एकाएक चुप हो गया। कुछ देर बाद ख़ुद से बड़े नपे-तुले मगर ऊँचे उपहास भरे स्वर में बोला, "इससे ज़्यादा..." फिर आगे कह बैठा, "मैं मूर्ख हूँ!" मैंने जो

शब्दकोश में दर्ज शब्द का प्रयोग किया था, उसकी ओर ध्यान नहीं दिया था, सिर्फ़ उस शब्द से निकली उच्चारण ध्वनि का मज़ा लेता रहा। शायद अपनी तनहाई से निकलने के लिए या फिर ख़ुद अपनी छाया से बात करने के लिए मैंने ऐसा किया हो। ठीक उसी समय यक़ीन न करनेवाली घटना घटी। दरवाज़ा अचानक खुला और वह रंडी दाख़िल हुई। ऐसा दिखाया जैसे उसे कभी-कभार मेरी चिन्ता होती है फिर भी धन्यवाद की जगह बाक़ी थी। वह यह जानती थी कि मैं ज़िन्दा हूँ अभी तक और बहुत ज़्यादा कष्ट झेल रहा हूँ, धीरे-धीरे करके एक दिन मर जाऊँगा, धन्यवाद की जगह अभी भी बाक़ी थी। मैं सिर्फ़ इतना जानना चाहता था कि क्या वह यह जान पाएगी कि मैं मरा सिर्फ़ उसके कारण हूँ? अगर वह जान गई तो मैं कितने आराम और एक भाग्यशाली की तरह मरूँगा। उस पल मैं दुनिया का सबसे भाग्यशाली आदमी अपने को समझूँगा। उस रंडी के कमरे में दाख़िल होते ही मेरे सारे बुरे विचार जैसे उड़नछू हो गए। पता नहीं उसके बदन से निकलनेवाली तरंगों और उसकी अदाओं ने मेरे अन्दर ऐसी तरावट का अहसास दिया कि मुझे गहरा सुकून मिला। इस दफ़ा उसकी हालत पहले से बेहतर लगी। मांसल और परिपक्व, उसने पुराने अन्दाज़ का रुई भरा लम्बा लिबास 'अरखालुक़ संबोसेई तूसी' पहन रखा था। भवों को अच्छी तरह तराशकर उन पर वस्महा यानी नील की पत्ती को भिगोकर लकीर खींच रखी थी। चेहरे पर एक तिल भी बना रखा था। सुरख़ाब और सफ़ेद आब को चेहरे और गालों पर लगा आँखों में सुरमा भी डाल रखा था। संक्षेप में उसने सोलह सिंगार कर मेरे कमरे में क़दम रखा था। साफ़ लग रहा था कि वह अपनी मौजूदा स्थिति से ख़ुश और मुतमईन है। अकस्मात् उसने अपने बाएँ हाथ की तर्जनी होंठों पर रखी। क्या यह वही पाक साफ़ नाज़ुक सपनों वाली लड़की थी जिसने काला शिकनदार कपड़ा पहन रखा था और मेरे साथ सोरेन नदी के किनारे छुपन-छुपाई का खेल खेलती थी। क्या सचमुच यह वही लड़की थी जो बचपन की सारी आज़ादी और शरारतों के साथ और युवा अवस्था में जिसके लिबास से

दिखती उसकी कामुकता से उभरी पिंडलियाँ थीं? अभी तक जब भी मैंने उसे देखा मेरा ध्यान इस तरफ़ गया ही नहीं जैसे कि मेरी आँखों पर अभी तक पर्दा पड़ा था। पता नहीं क्यों घर के सामनेवाले क़स्साब की दुकान पर लटकी भेड़ें याद आ गईं जिसने मेरे लिए एक टुकड़ा गोश्त का निकाल रखा हो जिसकी पहले वाली दिलरुबाई पूरी तरह से ख़त्म हो चुकी थी। एक सीधी-सादी लड़की अब पूरी तरह रंगीन और संगीन औरत बन चुकी थी जो अब ज़िन्दगी की फ़िक्र में थी! एक औरत अपने तमाम छल-कपट सहित! मेरी औरत!! वहशत और भय के साथ मैंने देखा मेरी पत्नी पककर पुख्ता और बुद्धिमान हो चुकी है और मैं जबकि उसी बचपन की निश्छल अवस्था में था। वास्तव में उसके चेहरे और आँखों से मुझे शर्म महसूस हो रही थी। मेरी औरत सभी मर्दों को अपना जिस्म देती थी और मैं, सिर्फ़ मैं अपने को उसके बचपन की धुँधली पड़ी यादों से तसल्ली देता रहता था जहाँ उसकी भोली-भाली सूरत जो अब मिटती जा रही है। जहाँ उसके चेहरे पर ख़ेंज़रपेंज़री के दाँतों का, कोई निशान नज़र नहीं आ रहा था, नहीं, यह वह नहीं थी।

उसने कटाक्ष भरे स्वर में पूछा, "क्या हाल है तुम्हारा?"

मैंने जवाब दिया, "क्या तुम आज़ाद नहीं हो, अपने दिल की नहीं करती हो, फिर मेरी सलामती से तुम्हें क्या लेना-देना?"

उसने दरवाज़ा ज़ोर से बन्द किया और बाहर निकल गई। उसने पलटकर भी मेरी तरफ़ नहीं देखा जैसे कि मैं इस दुनिया के इनसानों से, ख़ासकर ज़िन्दा इनसानों से बात करना भूल चुका हूँ। यह वही औरत थी जिसके बारे में मुझे सन्देह था कि वह हर तरह की भावनाओं से ख़ाली है, मेरे इस बर्ताव से वह दुखी हुई। कई बार दिल चाहा कि उसके पास जाकर उसके सामने हाथ जोड़ उसके पैरों पर गिर पड़ूँ, फूट-फूट कर रोऊँ, माफ़ी माँगू, हाँ, मैं रोना चाहता था क्योंकि मुझे ऐसा लगा कि अगर मैं रो लूँगा तो मुझे सुकून मिलेगा कितने सेकंड, कितने घंटे, कितनी सदियाँ गुज़र गईं मुझे नहीं पता! मैं दीवानों जैसा हो गया था और अपनी

इस पीड़ा से मुझे सुख सा मिला, इनसानों वाला मज़ा, ऐसा सुखद मज़ा जो सिर्फ़ मैं कर सकता था यदि ख़ुदा है तो उन ख़ुदाओं को भी ऐसा सुखद आनन्द नहीं मिल सकता था।

यह वह वक़्त था जब मैंने अपनी श्रेष्ठता को जाना। अपनी श्रेष्ठता को मैंने बुरे कर्मों वालों, प्रकृति और सारे ख़ुदाओं में महसूस किया है जो इनसानों की वासना से पैदा हुए हैं। मैं एक ख़ुदा बन गया था, ख़ुदा से भी ज़्यादा महान और श्रेष्ठतम क्योंकि मैं अपने अन्दर निरन्तरता बोध और अनन्तता की अनुभूति का गहरा प्रवाह महसूस कर रहा था।

लेकिन वह दोबारा लौटकर आई। जितना कि मैं उसे पत्थर दिल समझता था वह उतनी नहीं थी। अपनी जगह से खड़ा हुआ और उसका दामन चूमा और रोते, खाँसते हुए मैं उसके क़दमों पर गिर गया। अपना चेहरा उसके पंजों पर मलता रहा। इस बीच मैंने कई बार उसे उसके असली नाम से पुकारा भी, इसलिए कि उसके असली नाम से एक ख़ास तरह की आवाज़ और लय निकलती थी। लेकिन दिल की गहराइयों से जो आवाज़ मेरी निकल रही थी वह थी, "रंडी! रंडी! रंडी!" उसके पैरों की मांसपेशियाँ मुलायम, कड़वे खीरे जैसे थीं। जो कच्चे खट्टे अंगूरों का मज़ा दे रही थीं। मैं उसको गले लगाकर इतना रोया, इतना रोया कि पता ही न चला कितना वक़्त बीत चुका है। जब मुझे होश आया तो देखा वह तो जा चुकी है।

शायद एक पल भी न गुज़रा कि इनसानों का सारा आनन्द, सारा प्यार और दर्द मैंने अपने अन्दर महसूस किया और उसी हालत में...जैसे कि मैं तिरयाक खींचते हुए बैठता हूँ, उसी बूढ़े ख़ेंज़रपेंज़री की तरह जो अपनी बिसाती की दुकान पर बैठता है, चर्बी के चिराग़ के सामने जो धुआँ दे रहा था, मैं बैठा हुआ था, सिर जम-सा गया था, उसी तरह बैठा-बैठा मैं फटी आँखों से चिराग़ की लौ को घूर रहा था। धुआँ बर्फ़ की पर्त की तरह मेरे चेहरे और हाथों पर जम गया था। जिस वक़्त दाई माँ मेरे लिए एक प्याला जौ के सूप और तर पुलाव चूज़े का लेकर आई थीं मेरी यह

हालत देखकर वह डर और घबराहट के मारे पीछे हटीं और उनके मुँह से चीख़ निकली, इसी के साथ हाथ में पकड़ी सीनी ज़मीन पर गिर गई।

मुझे यह सोचकर अच्छा लगा कि वह मुझसे डर गई हैं। इसके बाद मैं अपनी जगह से उठा। बत्ती को बुझाया और आईने के सामने जाकर खड़ा हो गया। चेहरे पर जमे धुएँ को हाथों से अपने चेहरे पर मल डाला। उफ़! कितना डरावना चेहरा! उँगली से आँखों के नीचे के पपोटे खींचे, फिर उसे छोड़ दिया, अपना मुँह फाड़ा फिर गाल फुलाया, अपनी दाढ़ी के बालों को ऊपर खींचा और उसे दो हिस्सों में बाँट दिया फिर एक ख़ास अदा से चेहरा बनाया, यह देखकर मैं हैरान हुआ कि मेरा चेहरा कितना भोंडा, डरावना और साथ ही साथ कितना मज़ाक़िया लग सकता है। कौन यक़ीन करेगा कि मेरे अन्दर इतने तरह के चेहरे छुपे हुए हैं जिनका मुझे आज पता चला। इन सारी अवस्थाओं को मैं अपने अन्दर महसूस करता रहा हूँ उन्हें पहचानता भी हूँ और यह सब कुछ मेरी नज़र में मूर्खता के सिवा कुछ नहीं है जिस पर हँसा जा सकता है। सच पूछा जाए तो ये सारे चेहरे मेरे अन्दर मौजूद हैं और मेरे ख़ुद के हैं। यह शक्लें डरावनी, अपराधी, मज़ाक़िया जो सिर्फ़ एक उँगली की मदद से बदल जाती हैं। शक्ल, उस बूढ़े क़ुरआन पढ़नेवाले की जैसी, क़स्साब की शक्ल, मेरी बीवी की शक्ल इन सबको मैंने अपने अन्दर देखा है। जो भी चेहरे मेरे अन्दर छुपे हुए थे उनमें से कोई भी मेरा नहीं था। क्या मेरी बनावट के ख़मीर में उन शंकाओं, निराशाओं और शारीरिक मिलनों का समवेत विरासत के रूप में मौजूद नहीं? मैं इस विरासत का वाहक था, एक जुनूनी समवेत और हास्यास्पद, बिना इरादे ही मेरा चेहरा इन सारी मान्यताओं का घोषणापत्र नहीं है क्या? शायद, मौत के वक़्त मेरा चेहरा इस भ्रम के मुखौटे से आज़ाद होगा और अपनी असली हालत में अपने आप आ जाएगा!

लेकिन यह भी हुआ हो कि मौजूदा हालात और गुज़रे हालात ने मेरे चेहरे पर जो हास्यास्पद से भावों का मुखौटा जड़ रखा है। वह मेरे अन्तिम चेहरे पर क्या अपनी छाप गहराई और पुख़्तगी से नहीं छोड़ेगा? बहरहाल

यह बात मेरे समझ में आ चुकी थी कि कौन-सा काम मेरे हाथों अंजाम पा सकता है और मैं अपनी क़ाबिलियत को समझने की कोशिश कर रहा था कि एकबारगी मुझ पर हँसी का दौरा पड़ गया, कैसी ख़ारिशज़दा वहशतनाक भयानक दोमुँही हँसी थी जिसे सुनकर मेरे बदन के रोंगटे खड़े हो गए। ऐसी हँसी जो मेरे गले की पेचीदगियों में निकली थी और कान की गहराई में सुनाई पड़ी थी, मेरे कान उसकी आवाज़ से अभी भी बज रहे थे। उसी समय मुझे खाँसी आई और एक थक्का ख़ून, एक टुकड़ा मेरे जिगर का सामने आईने पर जा पड़ा जिसे मैंने अपनी उँगली से आईने पर से पोंछ दिया और जैसे ही मैं पलटा, देखा ननजून उड़ी हुई सफ़ेद रंगत, बिखरे बालों, बुझी आँखों के संग हैरान-परेशान सी जौ के सूप का प्याला, जो मेरे लिए लाई थीं, लिये खड़ी थीं। मुझे चकित हो घूर रही थीं। मैंने अपने दोनों हाथों से चेहरा छुपाया और उस तंग कोठरी के पर्दे के पीछे जा छुपा।

जब भी मैं सोना चाहता मुझे अपने सिर के चारों तरफ़ एक जलते गोले का दबाव महसूस होता। कामोत्तेजक गन्ध संदल के तेल की जिसे मैंने चर्बी के चिराग़ में मिला दिया था, मेरे दिमाग़ पर चढ़ गई थी जो मुझे पत्नी के पैरों की मांसपेशियों की सी लगी और खीरे की मुलायम कड़वाहट का मज़ा मेरे मुँह में था। अपना हाथ बदन पर मला फिर अपनी पत्नी के बदन से अपनी रान, पैर, बाज़ू की तुलना करने लगा। जाँघों और कूल्हे का कटाव और पत्नी के बदन की गर्मी सब कुछ मेरी आँखों के सामने फिर से कौंध गई जो हक़ीक़त से कहीं ज़्यादा वास्तविक लगी। क्योंकि स्थिति की भी अपनी आवश्यकता होती है, ऐसा महसूस हुआ कि मैं उसके बदन की नज़दीकी की इच्छा रखता था। एक क़दम, एक इरादा इन सारी वासना भरी शंकाओं की पूर्ति के लिए काफ़ी था। लेकिन मेरे सिर का यह जलता घेरा इतना तंग और सुलग उठा कि मैं पूरी तरह वहम से गड्डमड्ड दरिया में डरावनी आकृतियों के संग गोते लगाने लगा।

अभी अँधेरा था! नशे में डूबे पहरेदारों की आवाज़ सुनकर जाग गया जो गली से गुज़र रहे थे। आपस में एक-दूसरे को गाली देते हुए। कोरस में गा भी रहे थे :

आओ चलें, शराब पियें
मुल्क रे की शराब पियें
जो अभी नहीं पियेंगे तो कब पियेंगे!

मुझे याद आया, एक बार मुझे अनुभूति सी हुई थी कि एक बोतल शराब की मेरे सामान वाली कोठरी में मौजूद है। शराब जिसमें नाग का बेहद ख़तरनाक विष मिला हुआ है। उसके एक घूँट के पीते ही सारे दु:स्वप्न ज़िन्दगी के समाप्त हो जाते...लेकिन वह...रंडी...? इस शब्द की गूँज मेरे अन्दर उसके प्रति एक ख़ास क़िस्म की लोलुपता जगाती और वह पहले से कहीं ज़्यादा ऊष्मा से भरी सप्राण हो मेरे सामने उभरती।

इससे बढ़िया और क्या कल्पना की जा सकती है कि एक प्याला शराब का उसको दे देता और एक ख़ुद पी लेता और एक ऐंठन के बाद दोनों एक साथ मर जाते! इश्क़ है क्या? उन सभी घटिहाओं के लिए केवल क्षणिक विलासिता जो रंडीबाज़ी से ज़्यादा और कुछ नहीं। इन धोखेबाज़ों का इश्क़िया बयान इस तरह के लेखन में, जो अश्लील मुहावरों, घटिया कामुक परिभाषाओं से लबरेज़, नशे की मस्ती या पूरी होशमन्दी में दोहराया जाता है जैसे गधे के आगे के पैर कीचड़ में और सिर पर मिट्टी डालना। लेकिन उसके प्रति मेरा प्रेम कुछ और ही चीज़ था। यह सच है कि मैं उसे पहले से जानता था। उसकी अजीब-सी तिरछी आँखें, छोटा मुँह आधा खुला हुआ। आवाज़ घुटी-घुटी, धीमी-सी; ये सारी चीज़ें मेरी दर्दनाक पुरानी यादें थीं और इन सबसे मैं वंचित हो गया था। एक चीज़ जो मेरी थी वह मुझसे छीन ले गए, जिसकी जुस्तजू में आज भी भटक रहा था मैं।

क्या उन सबने मुझे हमेशा के लिए वंचित कर दिया था? इसी वजह से मेरे अन्दर एक भयावह धुँधलका छाया रहता था। किसी दूसरी तफ़रीह

को अपने नाउम्मीद इश्क़ का जुर्माना जैसा समझने लगा था। यह अहसास मेरे लिए एक वहम बनकर रह गया था। नहीं जानता मैं क्यों अपने दरीचे के सामनेवाले क़स्साब को याद करने लगा जो अपनी आस्तीनों को ऊपर चढ़ाता, 'बिस्मिल्लाह' कहता और गोश्त काटने लगता। यह दृश्य हमेशा मेरी आँखों के सामने नाचता रहता। आख़िरकार मैंने तय कर लिया, एक ख़तरनाक इरादा दिल ही दिल में ठानकर मैं बिस्तर से उठा और आस्तीनों को ऊपर की तरफ़ मोड़ा और चाक़ू जो मैंने अपने तकिये के नीचे छुपा रखा था उसे निकाला। पीली अबा पहनी, कमर झुका ली। इसके बाद शाल को अपने सिर और चेहरे के चारों तरफ़ लपेटा। मुझे अनुभूति सी हुई कि ठीक मैं एक मिली-जुली हालत में हूँ। जैसे मेरे अन्दर क़स्साब और बूढ़े ख़ेंज़रपेंज़री की आत्मा का प्रवेश हो चुका हो।

इसके बाद मैं धीरे-धीरे, दबे पाँव अपनी पत्नी के कमरे की तरफ़ गया। उसका कमरा अँधेरे में डूबा था। किवाड़ आहिस्ता से खोला, लगा शायद कोई सपना देख रही थी। बुलन्द आवाज़ में कह रही थी, "गर्दन की शाल हटा दो।" मैं उसके बिछौने के पास गया। अपना सिर उसकी नर्म-नर्म साँसों के पास ले गया। कैसी ख़ुशगवार ऊष्मा थी मगर ख़तरनाक! मुझे महसूस हुआ कि इस ऊष्मा को कुछ और देर मैं साँसों में भरता तो दोबारा ज़िन्दा हो उठता! ओह, अरसे तक मुझे यही गुमान रहा कि सभी की साँसें मेरी तरह गर्म सुलगती होती हैं। वहीं ठहरा रहा कुछ देर आहट लेता रहा, मैं ध्यान से साँसों को इसलिए सुनता रहा कि उसके कमरे में कोई और तो नहीं है। यानी दुराचारियों में से कोई वहाँ मौजूद तो नहीं मगर वहाँ वह अकेली थी। समझ गया कि जो भी अफ़वाह उसके बारे में फैलाई गई सारी की सारी केवल बनाए गए झूठ पर आधारित थीं। कहाँ से वह एक कुँवारी लड़की न थी? मैंने उसके बारे में अपनी कल्पना में जो भी आज तक सोचा था। उसके लिए सख़्त शर्मिंदा हुआ लेकिन यह भावना पलभर भी नहीं टिकी कि अचानक बाहर से छींकने और दबी-दबी उपहास भरी हँसी की आवाज़ आई कि आदमी के बदन के रोंगटे सुनकर खड़े हो जाएँ। इन आवाज़ों को

सुनकर मेरी सारी नसें बदन की खिंच गईं अगर इस छींक और हँसी को न सुना होता। अगर सब्र से काम न लेता, तो इसी पल एक फ़ैसला लेता कि उसके बदन का सारा गोश्त टुकड़े-टुकड़े कर देता और दे आता घर के सामनेवाले क़स्साब को, ताकि वह जाकर बेच दे और ख़ुद एक टुकड़ा उसकी रान के गोश्त का नज़राने के तौर पर उस क़ुरआन पढ़नेवाले को ले जाकर देता और फिर दूसरे दिन जाता और उससे पूछता, "जानते हो, वह गोश्त जो तुमने कल खाया था, किसका था?"

अगर वह न हँसती, यह काम ज़रूर रात को अंजाम दे देता कि मेरी आँखें रंडी की आँखों की तरफ़ न उठतीं, क्योंकि उसकी आँखों के भाव से मैं लज्जित और प्रताड़ित सा महसूस करता रहा था, बहरहाल उसके पलंग के किनारे एक कपड़ा जो मेरे पैरों में उलझ गया था, उसे उठाया और घबराया हुआ बाहर की तरफ़ भागा, चाक़ू को उछालकर छत से बाहर फेंका क्योंकि ये सारे अपराधी विचार केवल और केवल इस चाक़ू के कारण थे। यह चाक़ू जो क़स्साब के चाक़ू की तरह था उसे मैंने अपने से दूर कर दिया।

कमरे में लौटा तो चर्बी के चिराग़ की रौशनी में ख़ुद को उसके लिबास को हाथ में उठाए देखा। गन्दा कपड़ा जो उसके मांसल शरीर पर था। जिस पर मुलायम रेशम से हिन्दुस्तान काम बना हुआ था, जो उसके बदन की बू और मोगरे की सुगन्ध दे रहा था। उसके बदन की ऊष्मा उसका वजूद उसमें मौजूद था। उसको सूँघा और अपने पैरों के बीच रखकर सो गया। इतनी आराम की नींद मैं किसी रात नहीं सोया था। सुबह-सबेरे अपनी बीवी की चीख़ व पुकार से मैं जाग गया, जिसने कपड़े के गुम हो जाने की वजह से हंगामा खड़ा कर दिया था। वह बार-बार एक ही वाक्य दोहरा रही थी, "एक नया कपड़ा नायलान का!" जबकि उसकी आस्तीन का सिर फटा हुआ था। अगर ख़ून की नदियाँ भी बह जातीं तो मैं यह लिबास लौटानेवाला नहीं था। क्या मुझे अपनी पत्नी का एक पुराना कपड़ा रखने का भी हक़ न था?

ननजून जब मेरे लिए गधी का दूध, शहद और ताफतून नान लेकर आईं तो एक हड्डी के दस्तेवाला चाक़ू भी खाने की सेनी में रख दिया था। कहने लगीं, उन्होंने इसको बूढ़े ख़ेंज़रपेंज़री की बिसात पर देखा तो ख़रीद लिया। फिर भवों को ऊपर कर बोली, "हो सकता है तुम्हारे कभी काम आए।"

मैंने चाक़ू उठाया उसे देखा, वह मेरा अपना चाक़ू था। इसके बाद शिकायत से भरे दुखी लहजे में बोलीं, "मेरी बेटी यानी वही रंडी सुबह-सबेरे कहने लगी कि कल रात तुमने मेरा लिबास क्यों चुराया था।" मैं नहीं चाहती कि तुम्हारे मामले में पड़ूँ। लेकिन कल तुम्हारी पत्नी ने धब्बा देखा था...हम जानते थे कि बच्चा... ख़ुद हमामख़ाने में कहने लगी कि मैं गर्भ से हूँ, रात को गई थी कि कमर की मालिश कर दूँ, देखा उसके बाज़ू पर गहरे नीले निशान थे मुझे दिखाने लगी और बोली, "बेवक़्त तहख़ाने में गई थी देखो जिन्नों ने मेरा क्या हाल कर दिया।" दोबारा बोली, "क्या तुम जानते हो कि तुम्हारी बीवी कितने माह से गर्भवती थी?"

मैं हँस पड़ा और बोला, "बच्चे की शक्ल ज़रूर उस क़ुरआन पढ़नेवाले की तरह होगी।" इस वाक्य को सुनते ही ननजून का चेहरा बदल गया और वह कमरे से बाहर चली गईं। ऐसा लगा जैसे उन्हें इस जवाब की आशा मुझसे क़तई नहीं थी।

मैंने लगभग झपटते हुए उस हड्डी के दस्ते वाले चाक़ू को अपने लरज़ते हाथों से उठाया और सीधे सामान वाली कोठरी में जाकर उसे सन्दूक़ची में छुपाया और उसका ढक्कन बन्द कर दिया, "यह कभी नहीं हो सकता कि उसके पेट में साँस लेनेवाला बच्चा मेरा हो, बल्कि यह बच्चा वास्तव में उस बूढ़े मर्द ख़ेंज़रपेंज़री का था।"

दोपहर की नमाज़ के बाद मेरे कमरे का दरवाज़ा खुला और उसका छोटा भाई उसी रंडी का छोटा भाई दाँतों से अपनी उँगली का नाख़ून चबाता दाख़िल हुआ। जो कोई भी उसे देखता फ़ौरन समझ जाता कि दोनों भाई-बहन हैं। इतनी ज़्यादा आपस में समानता! तंग दहाना, भरे-भरे कामुक होंठ, पलकें मुड़ी-सी ख़ुमार भरी, आँखें तिरछी हैरत भरी, उभरे रुख़सार, खजूर

के रंगतवाले बाल बिखरे-बिखरे से और गेहुँआ रंग। ठीक उस रंडी की तरह उसमें भी एक अंश शैतानी भरा मौजूद था। जानता हूँ इस तरह की तुर्कमानी शक्लें बिना भावना, बिना रूह के इस जीवन दर्शन पर विश्वास करती हैं, जो मेरे लिए लाभकारी हैं बस वही चाहिए। चेहरे के भाव कुछ ऐसे जैसे ज़िन्दगी को चलाने के लिए हर तरह के काम पर राज़ी हों, जैसे कि प्रकृति ने पहले ही भविष्यवाणी कर दी थी। चूँकि उनके पुरखे तेज़ धूप और मूसलाधार बारिश में जीवन व्यतीत कर चुके थे और सख़्त जीवन बिता चुके थे जिसकी वजह से न सिर्फ़ अपनी बदली शक्ल व सूरत उन्हें दे गए बल्कि अपनी दृढ़ता, कामुकता, लालच और भूख भी इन्हें बख़्श गए थे। उसके मुँह का मज़ा मैं जान चुका था ठीक खीरे की जड़ की तरह मुलायम और कड़वा था! जब कमरे में दाख़िल हुआ और ताज्जुब से मुझे देखकर कहने लगा—

"शाहजून कह रही थीं कि हकीम बाशी का कहना है तुम मरनेवाले हो, चलो छुट्टी तो मिलेगी, आख़िर आदमी कैसे मरता है?"

मैंने जवाब दिया, "उनसे कहो, मैं तो बहुत पहले से मरा हुआ हूँ।"

शाहजून बोलीं, "अरे अगर बच्चा न गिरता तो सारा घर हमारा हो जाता!"

एकदम से मैं हँसने लगा, एक ऐसी सूखी घिनौनी हँसी जिसको सुनकर आदमी के बदन के रोंगटे खड़े हो जाएँ। कुछ इस तरह जैसे मैं अपनी आवाज़ को नहीं पहचानता हूँ। लड़का घबराया सा कमरे के बाहर भागा।

अब जाकर मेरी समझ में आया कि क़स्साब अपने हड्डी के दस्ते वाले चाक़ू के ख़ोल से भेड़ों की रानें क्यों साफ़ करता था। ज़बह होने के बाद, जो उन पर जमा ख़ून काली मिट्टी की तरह नज़र आता था, उसे साफ़ करते हुए भेड़ों के कटे गले से पनीले ख़ून की बूँदें ज़मीन पर टपकती थीं जिसे वहाँ बैठा पीला कुत्ता अपनी धुँधलाई आँखों से, दुकान के सामने कटी गाय और भेड़ों के सरों को बड़ी दिलचस्पी से देखता, ठीक उसी तरह जैसे भेड़ों के सारे कटे सरों, जिनकी आँखों पर मौत की धूल अब बैठ चुकी थी, कभी वे भी इसी तरह देखते और समझते थे।

आख़िरकार मैं अपने को छोटा ख़ुदा समझ बैठा था जो हर छोटे-बड़े इनसान की ज़रूरतों से ऊपर उठ चुका था। अनन्त और शाश्वत की निरन्तरता को मैं अपने अन्दर महसूस कर रहा था। अनन्त क्या है? मेरे लिए उसकी परिभाषा केवल इतनी थी कि सोरेन नहर के किनारे उस रंडी के साथ छुपन-छुपाई खेलूँ। एक पल के लिए आँखें बन्द कर उसके दामन में अपना सिर छुपा दूँ।

एक बार ऐसा लगा जैसे मैंने ख़ुद से बात की हो, वह भी एक अजनबी बनके, चाहता था अपने से बातें करूँ मगर होंठ जम गए थे। इस तरह से होंठ कस चुके थे कि ज़रा-सा भी हिलना उसके लिए मुहाल था। इससे पहले कि मेरे होंठ खुलते मैंने अपनी आवाज़ सुनी, लगा मैं ख़ुद से बातें कर रहा था।

यह कमरा हर लम्हा क़ब्र से ज़्यादा तंग और तारीक होता जा रहा था जहाँ कल रात वहशतनाक परछाइयों ने मुझे घेर लिया था। चर्बी के दिये के धुएँ के बीच पोस्तीन ख़ाल का ओवरकोटनुमा अबा जो मैंने पहन रखी थी और शाल गर्दन में लपेटे हुए था। मेरी छाया जो दीवार पर पड़ रही थी फूलकर कुप्पा लग रही थी।

मेरी छाया मुझसे कहीं ज़्यादा रंगीन, मेरे ख़ुद के बदन से कहीं ज़्यादा सूक्ष्मता के साथ दीवार पर पड़ रही थी। छाया मुझसे ज़्यादा सच्ची लग रही थी। इस तरह तो बूढ़ा मर्द ख़ेंज़रपेंज़री, क़स्साब, ननजून और वह औरत रंडी सबके सब मेरी ही छाया थे, उन छायाओं के बीच मैं क़ैद था। इस लम्हे अचानक मैं एक उल्लू का रूप ले बैठा और मेरा विलाप जैसे गले में अटककर रह गया जिसको मैंने ख़ून की बूँदों के रूप में थूक दिया। शायद उल्लू की भी अपनी मर्ज़ी थी कि वह मेरी तरह सोचे। छाया दीवार पर अब पूरी तरह उल्लू का आकार ले चुकी थी जो झुकी अवस्था में बैठा बड़े ध्यान से मेरा लिखा पढ़ रही थी। ज़रूर वह सब कुछ समझ रहा होगा। जानता हूँ सिर्फ़ वह ही समझ सकता था। मैं कनखियों से अपनी छाया को देख रहा था और डर रहा था।

रात अँधेरी और सन्नाटी, ठीक उसी रात की तरह लगी जिसने मेरी पूरी ज़िन्दगी को निगल लिया था। अपने डरावने आकार के साथ दर व दीवार, पर्दे के पीछे से मुझसे ज़बान लड़ाती हुई। कभी कमरा इतना तंग हो जाता है जैसे मैं ताबूत में लेटा हुआ हूँ। कनपटियाँ सुलगने लगतीं। बदन का कोई अंग हिलना नहीं चाहता। एक भारी बोझ सीने पर लदा महसूस होता, ठीक उस भारी-भरकम वज़न की तरह जो कमज़ोर काले टट्टू की कमर पर लादकर क़स्साबों को भेजा जाता है।

मृत्यु ख़ुद अपनी आवाज़ में आहिस्ता से गुनगुना रही थी जैसे एक हकला मजबूर होता है एक ही शब्द को बार-बार दोहराने के लिए या फिर एक आदमी शेर को अन्त तक पढ़ने के बाद दोबारा फिर से पढ़ता है। उसकी आवाज़ मानो आरी की किर-किर की ऐसी तरंगें थीं जो त्वचा में सूई बन चुभ रही थीं, कभी ऊँचा सुर पकड़तीं कभी अचानक रुक जातीं।

अभी मेरी पलकें पूरी तरह झपकी नहीं थीं कि पहरेदारों का एक झुंड मेरे कमरे के पीछे नशे में मस्त एक-दूसरे को गाली देता, गाता गुज़रा :

आओ चलें शराब पियें
मुल्क रे की शराब पियें
जो अभी नहीं पियेंगे तो आख़िर कब पियेंगे

मैं भी गुनगुना उठा, "तब तक पियेंगे जब तक दरोग़ा के हाथ न लग जाएँगे।" अनायास मैंने अपने अन्दर एक शक्तिशाली आदमी का वजूद महसूस किया और मेरे दिमाग़ की गर्मी को ठंडक पहुँची और मैं फुर्ती से उठकर बैठ गया। अपनी पीली अबा कन्धों पर डाली। शाल को दो-तीन बार सिर के चारों तरफ़ लपेटा, कमर झुका ली और हड्डी के दस्ते वाला चाक़ू जो मैंने सन्दूक़ची में छुपा रखा था उसे निकाला और दबे पाँव उस रंडी के कमरे की तरफ़ बढ़ा, दरवाज़े पर पहुँचा तो देखा उसका कमरा घने अँधेरे में डूबा हुआ था। उसकी आवाज़ मेरे कानों से टकराई, "आ गए? शाल को अपनी गर्दन से उतार फेंको।" उसकी आवाज़ की लय

मुनासिब सी लगी जैसे किसी बच्ची की आवाज़ या फिर कोई सोते में बिना किसी ज़िम्मेदारी के बर्राता हो। मैं यह आवाज़ पहले गहरे ख़्वाब में एक बार सुन चुका था। क्या वह सपना देख रही थी? उसकी आवाज़ अब भारी और घुटी-घुटी सी हो गई थी। कुछ-कुछ उस बच्ची जैसी जिसके साथ मैं नहर सोरेन के किनारे छुपन-छुपाई का खेल खेलता था। मैं कुछ देर वहीं रुका रहा, दोबारा आवाज़ सुनाई पड़ी, "आओ, अपनी गर्दन की शाल को उतार फेंको।"

मैं दबे पाँव कमरे में दाख़िल हुआ, अपनी अबा और शाल को अपने बदन से अलग किया और नंगा हो गया, पता नहीं क्यों, उसी हालत में चाक़ू पकड़े-पकड़े ही मैं उसके बिस्तर में जा घुसा। बिस्तर की गर्मी ने मानो एक नई जान-सी मेरे बदन में फूँक दी और मैंने उसके नम, ख़ुशगवार हरारत भरे जिस्म को, उस लड़की को याद करते हुए जिसकी उड़ी रंगत, दुबली काया और बड़ी-बड़ी मासूम तुर्कमानी आँखें थीं जिसके साथ मैं नहर किनारे छुपन-छुपाई का खेल खेलता था। मैंने उसे अपने आग़ोश में लिया नहीं; बल्कि किसी भूखे, ख़ौफ़नाक दरिंदे की तरह उस पर झपट पड़ा। दिल की गहराई में उसके प्रति किसी क़िस्म का राग न था, मेरी समझ में इश्क़ और द्वेष की भावना एक-दूसरे के साथ-साथ चलती है। उसका चाँदनी की तरह सफ़ेद ठंडा बदन, मेरी पत्नी का शरीर, ठीक नाग की तरह जो अपने शिकार के चारों तरफ़ से लपेटता हो, खुला और उसने मुझे ठीक उसी तरह अपनी बाँहों में कस लिया। उसके सीने से उठती सुगन्ध मस्त थी, उसके भरे बाज़ुओं का कोमल मांस जो मेरी गर्दन से स्पर्श कर रहा था अजीब सी ऊष्मा से भरा हुआ था। उस पल मन में इच्छा उभरी कि काश! यहीं ज़िन्दगी का अन्त हो जाए तो कितना अच्छा हो। क्योंकि उसके प्रति जो मेरे दिल में कुंठा और दुश्मनी भरी हुई थी, वह अचानक कहीं ग़ायब हो गई थी। दिल चाहा कि उसके सामने जी भर के रो लूँ, इससे पहले कि मेरा ध्यान उधर जाता, उसके पैर ठीक 'महरे गियाह' की तरह मेरे पैरों से उलझ चुके थे और उसके दोनों हाथ मेरी गर्दन के पीछे बँध चुके थे। मैं

ताज़गी भरी उस ऊष्मा को अपने जलते बदन में महसूस कर रहा था। मेरी त्वचा का हर पोर खुलकर उस ऊष्मा को पी रहा था, जिसका अहसास मेरा रोम-रोम कर रहा था। भय और सुरूर एक साथ घुल-मिल गए थे। उसके मुँह का स्वाद खीरे की तरह कड़वा था और कच्चे अंगूरों की तरह खट्टा था। इस मदहोशी के बीच, पसीना बहाते हुए मुझ पर बेख़ुदी सी धीरे-धीरे छाती जा रही थी।

मेरे बदन के छोटे से छोटे ज़र्रे जो मेरे वजूद का हिस्सा थे मुझ पर हुकूमत करते थे अपनी हार और जीत की घोषणा बड़ी ऊँची आवाज़ में व्यक्त करते थे। असीम समुद्र से वशीभूत इन दैहिक मौजों के सामने मैं पूरी तरह पराजित हो चुका था। उसके बालों से मोगरा की सुगन्ध फूट रही थी जो उसके चेहरे से चिपके हुए थे। हमारे अन्दर से उठती ख़ुशी और बेक़रारी की आवाज़ें हमें साफ़ सुनाई पड़ रही थीं। मुझे लगा जैसे उसने मेरे होंठों को कस के काटा हो, इस तरह कि वह बीच से आधे कट गए हों; क्या वह अपनी उँगली के नाख़ून इसी तरह काटती थी या वह समझ गई है कि मैं अधकटे होंठ वाला बूढ़ा नहीं हूँ। अब मैं चाह रहा था किसी तरह अपने को उसकी गिरफ़्त से आज़ाद कर लूँ मगर उसके बाजुओं की पकड़ इतनी ज़बरदस्त थी कि मेरा हिलना तक मुहाल था, जितना भी हाथ-पैर छुड़ाने की कोशिश करता मगर नतीजा कुछ न निकलता। आख़िर हमारे बदन का मांस पूरी तरह लुगदी सा बनता जा रहा था।

मुझे सन्देह हुआ, जैसे उस पर जुनून सा सवार हो गया था तो भी मेरी कोशिशें जारी थीं। अपने को छुड़ाने की कशमकश में अचानक मेरा हाथ एक झटके के साथ बाहर निकला और उस पल मुझे ऐसा महसूस हुआ जैसे मेरे हाथ में पकड़ा चाक़ू उसके बदन के किसी हिस्से में धँस गया हो। कुछ गर्म सा तरल पदार्थ मेरे चेहरे पर उछलकर गिरा और एक चीख़ के साथ एकाएक उसकी बाँहों का कसाव ढीला पड़ गया। उस तरल पदार्थ की गर्मी जो मैंने अपनी हथेली में महसूस की थी, उसे वैसा ही रहने दिया और चाक़ू को उछालकर दूर फेंक दिया और झपटकर उसके क़रीब

बैठकर तेज़ी से उसके बदन को मलने लगा। वह मर चुकी थी। इसी बीच मुझ पर खाँसी का दौरा पड़ गया मगर वह खाँसी नहीं थी बल्कि एक सूखा ख़ौफ़नाक दोमुँहा अट्टहास था जिसे सुनकर किसी भी इनसान के बदन के रोंगटे खड़े हो सकते हैं। घबराया सा मैं अपनी अबा को कन्धे पर डाल अपने कमरे की तरफ़ भागा। वहाँ कमरे में पहुँच जब चर्बी के जलते चिराग के सामने मैंने अपनी मुट्ठी खोली तो यह देखकर हैरान रह गया, उसकी आँख मेरी हथेली के बीच मुझे घूर रही थी और मेरा सारा बदन ख़ून में नहाया हुआ था।

10

मैं आईने के सामने पहुँचा लेकिन डर के मारे मैंने दोनों हाथों से अपना मुँह छुपा लिया, वहाँ आईने में अपनी सूरत की जगह नहीं, मैं बूढ़ा ख़ेंज़रपेंज़री में तब्दील हो चुका था। मेरे सिर और दाढ़ी के बाल मेरे नहीं किसी और के हो चुके थे जो उस कमरे से ज़िन्दा निकल आया था जहाँ एक साँप मौजूद था। अचानक सब कुछ सफ़ेद हो चुका था, मेरे होंठ बूढ़े के होंठों जैसे अधकटे थे आँखें बिना पलकों की, एक मुट्ठी बाल सीने से बाहर झाँक रहे थे और मेरे बदन में जैसे एक नई आत्मा का प्रवेश हो चुका था, मेरी फ़िक्र बदल चुकी थी, मैं किसी दूसरे की तरह अपने को महसूस कर रहा था और चाहने के बावजूद मैं ख़ुद को उसके चंगुल से जो राक्षस मेरे अन्दर जाग गया था, उससे आज़ाद नहीं कर पा रहा था। उसी हाल में जैसे मैं अपने दोनों हाथों से मुँह छुपाए था, खिलखिलाकर हँस पड़ा। यह हँसी मेरी पहली वाली हँसी से कहीं ज़्यादा ऊँची आवाज़ में थी जिसने मेरा पूरा बदन झकझोरकर रख दिया था। ऐसी गहरी हँसी कि यक़ीन ही नहीं आ रहा था कि मेरे बदन के छुपे हुए किस तहख़ाने से बाहर निकली थी? वह खोखली खरखराती सी हँसी एकबारगी मेरे गले में घूमी और उसी ख़ाली जगह से बाहर निकली थी। अब मैं सचमुच में बूढ़ा मर्द ख़ेंज़रपेंज़री हो गया था।

बेचैनी की शिद्दत का यह आलम था कि लगा मैं एक लम्बी गहरी नींद से जागा हूँ, आँखों को मला अपने उस पुराने कमरे में अपने को पाया

जहाँ अँधेरा उजाला था और बादलों और धुन्ध ने शीशों को ढक रखा था। दूर से मुर्ग़े की बाँग आती सुनाई दे रही थी। मेरे सामने रखे मनक़ल के सुर्ख़ अंगारे उसी रूप में ठंडी राख में बदल चुके थे जो एक कश में उड़ जाते, ठीक मेरी खोखली सोच की तरह जो राख हुए अंगारों की तरह एक फूँक में हवा। पहली चीज़ जिसकी मुझे फ़िक्र हुई, वह गुलदान राग़े था जिसे क़ब्रिस्तान में बूढ़े गाड़ीवान से मैंने लिया था लेकिन गुलदान मेरे सामने नहीं था, कहीं नहीं था या मुझे नज़र नहीं आया अचानक देखा कि दरवाज़े के पास एक साया झुकी हुई कमर के साथ, यह आदमी एक कुबड़ा था जिसने अपने सिर और दाढ़ी को अपनी गर्दन में झूलती शाल से ढक रखा था। उसने अपने बग़ल में एक गन्दे अँगोछे में लिपटा पात्रनुमा कुछ दबा रखा था, सूखी भयानक हँसी हँस रहा था जिसे सुनकर किसी भी आदमी के बदन के रोंगटे खड़े हो जाएँ।

मैं अपनी जगह से उठने ही वाला था कि वह दरवाज़े से बाहर निकल गया। मैं खड़ा हुआ और चाहता था उसका पीछा करूँ और वह गुलदान, जो उसने गन्दे रूमाल में लपेट रखा था उससे ले लूँ।

तब तक वह आदमी ग़ज़ब की फुर्ती दिखा वहाँ से ग़ायब हो चुका था; मैं लौट आया और कमरे की खिड़की खोल गली में झाँकने लगा। देखा गली में एक झुकी कमर वाला बूढ़ा जा रहा था जिसके कन्धे हँसी की शिद्दत से हिल रहे थे और उसके बग़ल में गन्दे रूमाल का बस्ता दबा हुआ था। उठता-गिरता वह तब तक जाता दिखता रहा, जब तक धुन्ध में वह पूरी तरह ग़ायब नहीं हो गया। मैं मुड़ा और ख़ुद पर नज़र डाली, मेरे कपड़े फटे हुए थे, सिर से पैर तक थक्का जमे हुए ख़ून से भरे। दो सुनहरी मधुमक्खियों को अपने चारों तरफ़ मँडराते और अपने जिस्म पर सफ़ेद छोटे-छोटे कीड़ों को रेंगते पाया, दिल पर मुर्दे के बोझ का दबाव बढ़ता महसूस हुआ...

❂❂❂